Cuentos hispanoamericanos del siglo XX

Parua sunt haec;
sed parua ista non contemnendo
maiores uestri maximam hanc rem fecerunt.

[Pequeñas son estas cosas;
pero no despreciando las pequeñas,
vuestros antepasados hicieron la más grande].

(Tito Livio, *Ab urbe condita*, VI,41,8)

Dirección de colección:
Ángel Basanta

Cuentos hispanoamericanos del siglo XX

Horacio Quiroga, Jorge Luis Borges,
Juan Carlos Onetti, Virgilio Piñera,
Julio Cortázar, Juan Rulfo, Juan José Arreola,
Augusto Monterroso, Mario Benedetti,
Gabriel García Márquez, Alfredo Bryce Echenique

Edición, introducción, notas
y orientaciones para el estudio de la obra:
Juan Carlos Peinado

Ilustración:
Tino Gatagán

Juan Ignacio Luca de Tena, 15. 28027 Madrid
www.anayainfantilyjuvenil.com
e-mail: anayainfantilyjuvenil@anaya.es

Diseño y cubierta: aderal tres

Primera edición, abril 2004

ISBN: 84-667-3666-2
Depósito legal: Na. 1395/2004
Impreso en Gráficas Estella, S. A.
Ctra. de Estella a Tafalla, km. 2
31200 Estella (Navarra)
Impreso en España - Printed in Spain

Índice

INTRODUCCIÓN

La época: Hispanoamérica en el siglo XX 13

La narrativa hispanoamericana en el siglo XX 16

Los autores 20
Horacio Quiroga 20
Jorge Luis Borges 21
Juan Carlos Onetti 21
Virgilio Piñera 22
Julio Cortázar 22
Juan Rulfo 22
Juan José Arreola 23
Augusto Monterroso 23
Mario Benedetti 24
Gabriel García Márquez 24
Alfredo Bryce Echenique 25

Criterio de esta selección 26

Bibliografía selecta 27

CUENTOS HISPANOAMERICANOS DEL SIGLO XX

La insolación. *Horacio Quiroga* 31
El espejo y la máscara. *Jorge Luis Borges* 41
Emma Zunz. *Jorge Luis Borges* 47

El posible Baldi. *Juan Carlos Onetti* 55
La carne. *Virgilio Piñera* 65
La noche boca arriba. *Julio Cortázar* 69
No se culpe a nadie. *Julio Cortázar* 81
Es que somos muy pobres. *Juan Rulfo* 87
Luvina. *Juan Rulfo* 93
Parábola del trueque. *Juan José Arreola* 105
El eclipse. *Augusto Monterroso* 111
Familia Iriarte. *Mario Benedetti* 113
El ahogado más hermoso del mundo. *Gabriel García Márquez* 123
Feliz viaje, hermano Antonio. *Alfredo Bryce Echenique* 133

ORIENTACIONES PARA EL ESTUDIO DE LA OBRA

Propuesta de actividades 141

I. Control de lectura y análisis de los cuentos 142

II. Actividades globales 154

Glosario de figuras literarias 157

Para María Teresa Uceda. Es cuento largo...

Juan Carlos PEINADO

Introducción

LA ÉPOCA: HISPANOAMÉRICA EN EL SIGLO XX

El freno de la inestabilidad política

A pesar de la amplitud geográfica y de las peculiaridades nacionales, el panorama político, social y económico de los distintos países hispanoamericanos en el siglo XX presenta numerosos paralelismos y analogías. Una de las más destacables es la inestabilidad política, auténtico lastre para el desarrollo económico y los avances sociales. A lo largo de esta centuria son constantes los cambios en los sistemas de gobierno, transformaciones respaldadas a menudo por la fuerza de las armas. A veces estos cambios tienen que ver con los intereses involucionistas de las clases dirigentes que, con el apoyo del ejército, instauran regímenes autoritarios. Tales son los casos de las dictaduras de Trujillo en la República Dominicana, la de Pinochet en Chile o la de la Junta Militar liderada por Videla, en Argentina. En otras ocasiones surgen movimientos de orientación populista que acceden al poder por vía electoral gracias al carisma de un líder y a un programa atractivo y demagógico. Sin embargo, su llegada al gobierno solo supone (como sucede en Argentina con el peronismo) la sustitución del dominio de la oligarquía terrateniente por el de la burguesía industrial.

La revolución como respuesta

Dentro de este contexto de efervescencia política conviene destacar el papel de las revoluciones. A lo largo del siglo XX tienen lugar varios procesos revolucionarios en los que participan las mayorías desfavorecidas con el fin de construir nuevas sociedades sin desigualdades económicas, sociales o jurídicas. México fue, en 1910, el pionero en este tipo de movimientos que, hacia mediados de siglo, adquirieron una orientación socialista, alimentada por el sentimiento antiimperialista que suscita el intervencionismo de Estados Unidos, de funestas consecuencias para la política y la economía iberoamericanas. Es el caso de la revolución cubana, que llevó al poder a Fidel Castro en 1959, y el de la revolución sandinista, que triunfó en Nicaragua en 1979.

Una economía devastada

El origen de esta inestabilidad política reside, en gran medida, en una acuciante crisis económica. A principios de siglo la economía hispanoamericana vivía una etapa de optimismo económico, propiciado por su condición de suministradora de materia prima a los países industrializados. Pero la reducción de la demanda europea durante la I Guerra Mundial y el posterior hundimiento de la economía norteamericana en 1929 marcaron el inicio de una crisis que llega hasta nuestros días. Por otro lado, la influencia monopolizadora de las compañías multinacionales estadounidenses, el escaso desarrollo industrial y la presión de la deuda externa han colocado a la economía hispanoamericana en una situación de extremada precariedad y dependencia en la que aún se sigue debatiendo.

En medio de los avatares políticos y de las dificultades económicas, las sociedades de los países hispanoa-

En 1959 la revolución cubana triunfó contra la dictadura del general Batista. Fidel Castro instauró el Partido Unido de la Revolución Socialista y un régimen que hasta la actualidad ha reprimido cualquier disidencia.

Desigualdad social y déficit democrático

mericanos padecen una lacra casi endémica. Se trata de las profundas desigualdades existentes entre dos grupos bien definidos: una minoría privilegiada (formada por terratenientes a principios de siglo, y más tarde por una reducida clase media) y una mayoría de población pobre o indigente. Este último sector, zarandeado por las crisis económicas, las transformaciones políticas y las guerras, se caracteriza por su precariedad laboral y por su difícil lucha por la subsistencia, condiciones que se agravan con el extraordinario incremento demográfico que experimenta Iberoamérica en esta etapa. Este estado de indigencia material acarrea otras consecuencias en el plano de los derechos sociales, como la falta de representatividad política de las clases marginadas, sus dificultades a la hora de acceder a la educación o el padecimiento de toda clase de atropellos contra sus derechos civiles.

LA NARRATIVA HISPANOAMERICANA EN EL SIGLO XX

Un brillante período literario

En medio de esta situación de crisis resulta paradójico que la literatura hispanoamericana sea una de las manifestaciones artísticas más brillantes y singulares del siglo XX. La clave de este éxito reside, en gran medida, en la labor de sus narradores, quienes, preservando altas cotas de calidad e innovación, han sabido ganarse el favor de los lectores de todo el mundo.

Del Modernismo a la novela regionalista

A principios de siglo en la narrativa hispanoamericana pervivía aún el poderoso influjo del Modernismo, aunque pronto comienza a percibirse una búsqueda de alternativas estéticas. Este proceso culminó en la denominada *novela regionalista,* que supone un regreso a la narrativa realista del XIX con el fin de dar testimonio de la realidad social y material de cada país. Bajo estos postulados se desarrolla una narrativa centrada en los conflictos derivados de la presencia del hombre en el marco de una naturaleza hostil: es la llamada *novela de la tierra,* representada, entre otros, por el argentino Ricardo Güiraldes *(Don Segundo Sombra,* 1926) o el colombiano José Eustasio Rivera *(La vorágine,* 1924). Igualmente característica de la literatura regionalista es la denuncia de los problemas sociales y políticos, como puede advertirse en la *novela indigenista,* atenta a la penosa situación de la población indígena, o en cierta narrativa que disecciona el proceso de la revolución mexicana (por ejemplo, *Los de abajo,* de Mariano Azuela).

Como sucede con todo movimiento literario, las fórmulas de la novela regionalista acaban agotándose, lo que lleva a la búsqueda de nuevos caminos literarios. Se trata de un proceso lento y heterogéneo que se inicia en la década de los años veinte y culmina hacia los años sesenta, con los autores del *boom*.

Primeros síntomas de renovación

Los primeros tanteos innovadores están vinculados a las vanguardias literarias, sobre todo al surrealismo, como se puede constatar en las obras de los argentinos Roberto Arlt y Macedonio Fernández. Sin embargo, habrá que esperar a las décadas de los años cuarenta y cincuenta para que la renovación se consolide plenamente, gracias a la irrupción de algunos de los autores más importantes de la nueva narrativa (Miguel Ángel Asturias, Juan Rulfo, Alejo Carpentier, Jorge Luis Borges, Juan Carlos Onetti, Julio Cortázar, Ernesto Sábato, y un largo etcétera). Este grupo de narradores ejerce, a su vez, un sólido magisterio sobre la siguiente generación: la de los autores del denominado «*boom* de la narrativa hispanoamericana». Bajo este marbete se agrupa otra extensa nómina de escritores que alcanzan una rápida notoriedad internacional en las décadas de los años sesenta y

El llamado «boom» de la literatura hispanoamericana reúne un extensa relación de escritores que pronto logran renombre internacional. Y dentro de este panorama de brillantez literaria, el relato breve ocupa, sin duda, un lugar fundamental. Gente leyendo en un banco en Ciudad de México, 1990.

Las dos etapas de la nueva narrativa

setenta. Entre los nombres más relevantes de esta nueva hornada figuran los de Gabriel García Márquez, Carlos Fuentes, Mario Vargas Llosa, Manuel Mújica Láinez o Augusto Roa Bastos, autores a los que se suman otros, de mayor edad, pero que ofrecen lo más granado de su producción en estos años, como el cubano José Lezama Lima o, de nuevo, Cortázar, Carpentier y Onetti.

Características de la nueva novela

Aunque es difícil fijar rasgos compartidos por todos estos escritores, es posible advertir algunas líneas maestras:

— Se busca el equilibrio entre lo local y lo universal. Sin renunciar al referente de la realidad americana, se indaga sobre temas esenciales del ser humano.
— Del mismo modo, hay una preocupación por conjugar los conflictos individuales con la observación crítica de la realidad colectiva.
— Se intenta superar la estética del realismo convencional. En este sentido, hay una plena asimilación de las técnicas narrativas procedentes de los grandes renovadores de la novela, tanto europeos (Joyce, Kafka) como norteamericanos (John Dos Passos, William Faulkner).
— Empleo de un lenguaje sumamente elaborado y original.
— Por último, hay que señalar el esfuerzo por construir complejos mundos de ficción en los que lo histórico convive con elementos fantásticos y maravillosos, y los aspectos costumbristas con el sustrato de los ancestrales mitos americanos. Esta peculiar concepción del universo ficticio recibe el nombre de *realismo mágico,* corriente en la que se suele incluir a autores como Alejo Carpentier, Miguel Ángel Asturias, Juan Rulfo, Gabriel García Márquez o Carlos Fuentes.

Algunos de estos rasgos perduran, bastante mitigados, en autores posteriores al *boom,* en general menos preocupados por la complejidad técnica y los alardes estilísticos. Entre ellos hay que mencionar al peruano Alfredo Bryce Echenique, al argentino Manuel Puig o a la chilena Isabel Allende.

Fecundidad del cuento hispanoamericano

En este panorama de esplendor literario ocupa un lugar privilegiado el relato breve. Su evolución se corresponde, en líneas generales, con la trayectoria global de la narrativa hispanoamericana del siglo XX. La inicial estética modernista (Leopoldo Lugones o el primer Horacio Quiroga, por ejemplo) es desplazada por la influencia de las vanguardias, como se constata en la obra de Roberto Arlt, Macedonio Fernández o del uruguayo Felisberto Hernández. Pero la plena madurez del género se alcanza hacia mediados de siglo, cuando algunos de los autores más importantes (Borges, Rulfo, Cortázar) comienzan a publicar una obra cuentística sin precedentes. Gracias a ellos y a sus seguidores, el relato alcanza las aptitudes necesarias para proporcionar una imagen condensada del hombre y del mundo, al tiempo que su estructura y lenguaje se enriquecen con toda suerte de técnicas novedosas. En especial, hay que subrayar la profunda revisión del relato fantástico, que, en manos de los grandes creadores hispanoamericanos, se convierte en un subgénero idóneo para dar cuenta del extrañamiento y la desorientación del hombre moderno.

LOS AUTORES Y LAS OBRAS

Horacio Quiroga (Uruguay, 1879-1937)
Horacio Quiroga es, ante todo, un excepcional autor de relatos breves, que reunió en volúmenes como *Cuentos de la selva* (1918), *Anaconda* (1921) o *Los desterrados* (1925). Su narrativa breve presenta el enfrentamiento entre el hombre y las fuerzas de una naturaleza hostil, indiferente y todopoderosa. Resultado de esta pugna son la locura, la soledad y la muerte, plasmadas en una prosa precisa y sugerente que combina la narración con el análisis de la psicología humana sometida a la dureza del medio.

El escritor uruguayo Horacio Quiroga viajó en 1902 a Buenos Aires como fotógrafo en una expedición. Y en la selva tendrá el escritor su mayor fuente de inspiración. Grabado del autor de Justo Barboza para la edición de ***Cuentos de la Selva,*** col. «Tus Libros», n.º 10, Anaya.

Jorge Luis Borges (Argentina, 1899-1986)

Metafísica y misterio del relato

Jorge Luis Borges inició su trayectoria literaria en la poesía —*Fervor de Buenos Aires* (1923), *Luna de enfrente* (1925)— y el ensayo. Su producción ensayística, dedicada a la reflexión filosófica y literaria, da testimonio de su vasta erudición y de su original pensamiento en libros como *Inquisiciones* (1925) o *Historia de la eternidad* (1936). Pero la faceta creativa más importante de Borges es la de narrador, a la que se consagró desde 1935, año en que aparece *Historia universal de la infamia*. Le suceden nuevos volúmenes de relatos: *Ficciones* (1941) y *El Aleph* (1949) —quizá sus obras capitales— y otros como *El informe de Brodie* (1970) y *El libro de arena* (1975). Borges es un maestro del relato breve, género que transforma y enriquece. Es característico de sus cuentos el empleo de una estructura argumentativa (similar a la del ensayo) o basada en el resumen de otros libros, técnica que, unida a las continuas referencias eruditas (muchas veces apócrifas), otorga a sus cuentos una inconfundible complejidad intelectual. Esta complejidad concuerda con una ambiciosa temática: la indagación sobre el tiempo, el destino y la muerte. Para ello Borges utiliza símbolos muy sugerentes, como el laberinto, la biblioteca o el sueño. Su estilo, síntesis del lenguaje filosófico y del lírico, está marcado por el genial manejo de las paradojas, los juegos verbales y la ironía.

Juan Carlos Onetti (Uruguay, 1909-1995)

Un mundo abatido por el fracaso

Juan Carlos Onetti es autor de una obra densa e inquietante, más atenta a los conflictos existenciales que corroen a sus personajes que a la realidad histórica de la que Onetti fue escéptico observador. Por sus novelas (como *El pozo, La vida breve* o *El astillero)* y por sus cuentos deambulan personajes abatidos por la soledad y el fracaso, empeñados en inventarse una identidad imposible en el contexto de un espacio asfixiante y corrupto, simbolizado con frecuencia por la imaginaria ciudad de Santa María.

Virgilio Piñera (Cuba, 1912-1979)

La lógica del absurdo

Virgilio Piñera es un importante novelista (*La carne de René*, 1952) y autor de cuentos (*Cuentos fríos*, 1956). Su narrativa basa su poderosa originalidad en el manejo de imágenes y recursos del surrealismo, sometidos a una peculiar lógica. Con ello crea unos mundos delirantes y crueles, reflejo de una visión pesimista de la existencia.

Julio Cortázar (Argentina, 1914-1984)

El revés de lo real

Julio Cortázar es autor de una obra novelística de gran ambición innovadora. En *62, modelo para armar*, *La vuelta al día en ochenta mundos* y, sobre todo, en su obra cumbre, *Rayuela* (1963), experimenta con la estructura y el tiempo del relato, creando complejos «artefactos» textuales en los que se mezclan los géneros, la realidad y la literatura. Para Cortázar, la novela es un género total, un juego de reglas insospechadas en el que el papel del lector es tan importante como el del creador. Los cuentos de Cortázar son, junto con los de Borges, el otro gran referente para el relato en español de este siglo. Algunos de sus volúmenes de cuentos son: *Bestiario* (1951), *Final del juego* (1956), *Las armas secretas* (1959), y *Queremos tanto a Glenda* (1981). Cortázar parte de la mejor tradición del relato fantástico, al que transforma radicalmente, pues en sus cuentos lo extraordinario no procede de alguna esfera sobrenatural, sino que está turbadoramente incluido en nuestra realidad. Por eso es habitual en sus cuentos la «doble trama», en la que discurren paralelamente un suceso cotidiano y su revés fantástico. El propósito de Cortázar es que el lector replantee su visión del mundo, descubriendo el lado oculto, frecuentemente absurdo y onírico, de la realidad.

Juan Rulfo (México, 1918-1986)

Los fantasmas del páramo

La trascendencia literaria de Rulfo procede de una brevísima obra, constituida básicamente por dos libros. Uno es su gran novela, *Pedro Páramo* (1955), en la que, mediante una compleja estructura de voces y tiempos superpuestos, Rulfo presenta una historia a medio camino entre el realismo regionalista y el mito, ambientada en el imaginario pueblo de Comala. La descripción de un territorio marcado por la violencia y la injusticia social, muy cercano al Jalisco natal del autor, se conjuga con el planteamiento de ciertos temas universales, como el amor, la muerte y la soledad. El arte narrativo de Rulfo, caracterizado por la fusión de realidad y delirio y por un sobrio lirismo, tiene su germen en *El llano en llamas* (1953). Se trata de una colección de diecisiete cuentos ambientados en la yerma planicie interior de México y vinculados por el tema recurrente de la muerte. Esta acecha a todos y cada uno de los personajes, sometidos a una dura contienda contra las condiciones materiales en las que se desenvuelven, y enfrentados a una naturaleza que también parece abocada a la esterilidad. Rulfo nos presenta un desolador panorama de la existencia humana, y lo hace con un estilo en el que se integran los rasgos del lenguaje oral con el manejo de complejas técnicas narrativas.

Juan José Arreola (México, 1918-2001)

Un fabulador nato

Arreola es autor de una interesante y breve obra narrativa. Merecen especial atención sus cuentos, reunidos en varios volúmenes *(Confabulario, Bestiario...)*. Notablemente influidos por Borges y Cortázar, sus relatos, muchas veces inspirados en la fábula clásica, juegan con la dudosa frontera entre realidad y ficción, siempre desde una perspectiva irónica y humanista.

Augusto Monterroso (Guatemala, 1921-2003)

La estética de la concisión

La obra de Monterroso es una singular apuesta por la brevedad y el humor desmitificador. Sus *minicuentos*, recogidos en *Obras completas (y otros cuentos)*, *La oveja negra y demás fábulas*, *Movimiento perpetuo*, etc., son una modalidad hiperbreve del relato, y se caracterizan por su ironía disolvente, la parodia y la concisión estilística.

Periodista, novelista, ensayista, poeta y escritor de guiones cinematográficos, Mario Benedetti es, junto con Juan Carlos Onetti, una de las más destacadas voces de la narrativa contemporánea uruguaya.

Mario Benedetti (Uruguay, 1920)
La obra de Benedetti se caracteriza por el compromiso ético con la realidad de su país. Este propósito se encarna en novelas como *La tregua* (1960), que presenta un ceniciento retrato de las clases medias uruguayas, abatidas por el desencanto. En sus cuentos (reunidos en *Cuentos completos,* 1996) hay que resaltar la hábil reproducción de la lengua coloquial y su capacidad para reflexionar sobre la condición humana a partir de pequeñas anécdotas cotidianas.

Gabriel García Márquez (Colombia, 1928)

Prodigio y realidad

En la narrativa de García Márquez se da una rara alianza entre calidad literaria y éxito de público, conjunción que se apoya en la naturaleza de una obra que aborda temas de gran trascendencia sin abandonar el placer de contar historias. Asimismo, buena parte de su atractivo reside en la construcción de un fascinante territorio mítico, Macondo, que aparece desde sus primeras obras *(La hojarasca, El coronel no tiene quien le escriba).* Pero es en *Cien años de soledad* (1967) donde ese mundo, inscrito en la veta del realismo mágico, alcanza plena maduración. La novela traza la trayectoria de una familia colombiana, la de los Buendía, a lo largo de varias generaciones, lo que sirve para construir una metáfora de la historia de Hispanoamérica y, en general, de la condición humana. La peculiar mezcla de realidad y elementos fantásticos que caracteriza a esta novela se reitera en otras *(Crónica de una muerte anunciada, El amor en los tiempos del cólera)*, así como en sus libros de cuentos *(Ojos de perro azul, La increíble y triste historia de la cándida Eréndida y de su abuela desalmada, Doce cuentos peregrinos)*.

Alfredo Bryce Echenique (Perú, 1939)
El humor, la crítica a la burguesía peruana y el inventario melancólico de la memoria son algunos rasgos de la narrativa de Bryce Echenique. Sus novelas *(Un mundo para Julius, La vida exagerada de Martín Romaña)* muestran una galería de personajes bohemios y extravagantes, inmersos en avatares grotescos, pero preservados por la ternura con que los contempla el autor. Estos elementos pueden definir también los relatos de libros como *La felicidad ja ja* (1974) o *Magdalena peruana y otros cuentos* (1986).

El humor, la ironía y la crítica social son algunas de las características principales de la narrativa del escritor peruano Alfredo Bryce Echenique, a quien vemos en una fotografía de 1997.

CRITERIO DE ESTA SELECCIÓN

Los relatos aquí incluidos presentan una muestra representativa de la mejor producción cuentística hispanoamericana del siglo XX. El lector iniciado constatará, no obstante, las clamorosas ausencias que, por otra parte, son el mal preceptivo de toda antología. Algunas de ellas (las de Carlos Fuentes o Vargas Llosa, por ejemplo) han de atribuirse a la condición marginal del cuento en el conjunto de la creación literaria de sus autores. En otros casos (como los de Arlt, Asturias o Macedonio Fernández) es la exigencia de una alta competencia lectora lo que determina la exclusión de esta antología, dirigida al nivel de unos destinatarios muy concretos: los alumnos de Enseñanza Secundaria. Asimismo, debemos señalar que por causas ajenas a nuestra voluntad no hemos podido incluir un cuento de Alejo Carpentier. En todo caso, creemos que las líneas generales de la narrativa hispanoamericana están suficientemente representadas, y que la lectura de los textos incluidos puede animar a los alumnos a descubrir la rica veta del relato hispanoamericano, así como fortalecer la vocación lectora.

Además de la introducción, este libro dispone de otros elementos que facilitan su aprovechamiento didáctico. Los textos se acompañan de dos tipos de notas: unas, situadas en los márgenes, sirven para resolver dudas de léxico, mientras que las colocadas a pie de página aclaran datos históricos y culturales, o bien aspectos formales y temáticos del texto. Al final del libro figura una serie de actividades sobre cada cuento, así como otras de carácter globalizador; todas ellas ayudarán a profundizar en el conocimiento de estos textos de gran calidad literaria.

BIBLIOGRAFÍA SELECTA

AMORÓS, Andrés: *Introducción a la novela hispanoamericana actual*, Salamanca, Anaya, 1971. (Breve aproximación a la narrativa hispanoamericana del *boom*).

ALAZRAQUI, Jaime: *La prosa narrativa de Borges. Temas. Estilo.* Madrid, Gredos, 1968. (Un estudio clásico sobre los temas recurrentes y los resortes formales de los cuentos de Borges).

— *En busca del unicornio: los cuentos de Julio Cortázar.* Madrid, Gredos, 1983. (Reflexión teórica sobre el relato fantástico a propósito de la obra del autor argentino).

BURGOS, Fernando (ed.): *Cuentos de Hispanoamérica en el siglo XX*. 3 vols., Madrid, Castalia, 1997. (Tal vez la antología más nutrida a la que puede acceder el alumno con facilidad).

FRANCO, Jean: *Historia de la literatura hispanoamericana*. Barcelona, Ariel, 1990. (En los capítulos 7 y 8 de este libro se podrá encontrar un completo estudio diacrónico de las corrientes y autores representados en esta antología).

PUPO WALKER, Enrique (ed.): *El cuento hispanoamericano*. Madrid, Castalia, 1995. (Recopilación de ensayos críticos sobre diversos aspectos y autores del cuento hispanoamericano).

VILLANUEVA, Darío y VIÑA LISTE, José María: *Trayectoria de la novela hispanoamericana actual.* Madrid, Espasa Calpe, 1991. (Amplia panorámica de la narrativa hispanoamericana desde el realismo mágico. El comentario de los autores concretos se combina con una introducción teórica global sobre el período literario).

Cuentos hispanoamericanos

LA INSOLACIÓN

Horacio Quiroga

El cachorro Old salió por la puerta y atravesó el patio con paso recto y perezoso. Se detuvo en la linde del pasto, estiró al monte, entrecerrando los ojos, la nariz vibrátil y se sentó tranquilo. Veía la monótona llanura del Chaco[1] con sus alternativas de campo y monte, monte y campo, sin más color que el crema del paso y el negro del monte. Este cerraba el horizonte, a doscientos metros, por tres lados de la chacra. Hacia el oeste, el campo se ensanchaba y extendía en abra, pero que la ineludible línea sombría enmarcaba a lo lejos.

Chacra: Granja. También, plantación de maíz.

Abra: Campo despejado en medio de un bosque.

A esa hora temprana, el confín, ofuscante de luz a mediodía, adquiría reposada nitidez. No había una nube ni un soplo de viento. Bajo la calma del cielo plateado, el campo emanaba tónica frescura que traía al alma pensativa, ante la certeza de otro día de seca, melancolías de mejor compensado trabajo.

Seca: Sequía.

Milk, el padre del cachorro, cruzó a su vez el patio y se sentó al lado de aquel con perezoso quejido de bienestar. Permanecían inmóviles, pues aún no había moscas.

Old, que miraba hacía rato la vera del monte, observó:

Vera: Lado.

[1] Provincia del nordeste de Argentina. Su economía se basa fundamentalmente en la explotación forestal. El Chaco es uno de los territorios en que Quiroga residió y trabajó como granjero, además de constituir, junto con Misiones, el espacio habitual en que se desarrollan sus cuentos.

—La mañana es fresca.[2]

Milk siguió la mirada del cachorro y quedó con la vista fija, parpadeando distraído. Después de un momento, dijo:

—En aquel árbol hay dos halcones.

Volvieron la vista indiferente a un buey que pasaba, y continuaron mirando por costumbre las cosas.

Empurpurarse: Tomar el color púrpura.

Entre tanto, el oriente comenzaba a empurpurarse en abanico, y el horizonte había perdido ya su matinal precisión. Milk cruzó las patas delanteras y sintió leve dolor. Miró sus dedos sin moverse, decidiéndose por fin a olfatearlos. El día anterior se había sacado un pique, y en recuerdo de lo que había sufrido lamió extensamente el dedo enfermo.

Pique: Parásito similar a la pulga.

—No podía caminar —exclamó, en conclusión.

Old no entendió a qué se refería. Milk agregó:

—Hay muchos piques.

Esta vez el cachorro comprendió. Y repuso por su cuenta, después de largo rato:

—Hay muchos piques.

Callaron de nuevo, convencidos.

Pava del monte: Especie de gallina silvestre.

Charanga: Música tocada sólo por instrumentos de viento.

Molicie: Comodidad.

Beato: Feliz.

Taciturno: Melancólico.

Coatí: Mamífero carnicero semejante al zorro.

Bizarro: Espléndido.

El sol salió, y en el primer baño de luz las pavas del monte lanzaron al aire puro el tumultuoso trompeteo de su charanga. Los perros, dorados al sol oblicuo, entornaron los ojos, dulcificando su molicie en beato pestañeo. Poco a poco la pareja aumentó con la llegada de los otros compañeros: Dick, el taciturno preferido; Prince, cuyo labio superior, partido por un coatí, dejaba ver dos dientes, e Isondú, de nombre indígena. Los cinco fox-terriers,[3] tendidos y muertos de bienestar, durmieron.

Al cabo de una hora irguieron la cabeza; por el lado opuesto del bizarro rancho de dos pisos —el inferior

[2] Es frecuente que los animales hablen, piensen y sientan en los cuentos de Quiroga. Su papel no es el de las fábulas tradicionales, sino el de servir como portavoces de la omnipresente naturaleza.

[3] La raza de los fox-terriers es de origen inglés, lo que sugiere un paralelo entre los perros y su dueño, míster Jones. Ambos, animales y amo, son seres desarraigados, trasplantados a un territorio muy distinto al de su lugar de origen.

de barro y el alto de madera, con corredores y baranda de chalet— habían sentido los pasos de su dueño, que bajaba la escalera. Míster Jones, la toalla al hombro, se detuvo un momento en la esquina del rancho y miró el sol, alto ya. Tenía aún la mirada muerta y el labio pendiente tras su solitaria velada de whisky, más prolongada que las habituales.

Mientras se lavaba los perros se acercaron y le olfatearon las botas, meneando con pereza el rabo. Como las fieras amaestradas, los perros conocen el menor indicio de borrachera en su amo. Se alejaron con lentitud a echarse de nuevo al sol. Pero el calor creciente les hizo presto abandonar aquel por la sombra de los corredores.

Presto: Con rapidez.

El día avanzaba igual a los precedentes de todo ese mes; seco, límpido, con catorce horas de sol calcinante que parecía mantener el cielo en fusión, y que en un instante resquebrajaba la tierra mojada en costras blanquecinas. Míster Jones fue a la chacra, miró el trabajo del día anterior y retornó al rancho. En toda esa mañana no hizo nada. Almorzó y subió a dormir la siesta.

Los peones volvieron a las dos a la carpición, no obstante la hora del fuego, pues los yuyos no dejaban el algodonal. Tras ellos fueron los perros, muy amigos del cultivo, desde que el invierno pasado hubieran aprendido a disputar a los halcones los gusanos blancos que levantaba el arado. Cada uno se echó bajo un algodonero, acompañando con su jadeo los golpes sordos de la azada.

Carpición: Acción de carpir (limpiar la tierra de malas hierbas).

Yuyo: Maleza.

Entre tanto el calor crecía. En el paisaje silencioso y encegueciente de sol, el aire vibraba a todos lados, dañando la vista. La tierra removida exhalaba vaho de horno, que los peones soportaban sobre la cabeza, envuelta hasta las orejas en el flotante pañuelo, con el mutismo de sus trabajos de chacra. Los perros cambiaban a cada rato de planta, en procura de más fresca sombra. Tendíanse a lo largo, pero la fatiga los obligaba a sentarse sobre las patas traseras para respirar mejor.

Reverberar: Reflejarse la luz sobre una superficie bruñida.

Páramo: Terreno estéril.

Greda: Arcilla arenosa.

Reverberaba ahora delante de ellos un pequeño páramo de greda que ni siquiera se había intentado arar[4]. Allí, el cachorro vio de pronto a míster Jones que lo miraba fijamente, sentado sobre un tronco. Old se puso en pie, meneando el rabo. Los otros levantáronse también, pero erizados.

—¡Es el patrón! —exclamó el cachorro, sorprendido de la actitud de aquellos.

—No, no es él —replicó Dick.

Los cuatro perros estaban juntos gruñendo sordamente, sin apartar los ojos de míster Jones, que continuaba inmóvil, mirándolos. El cachorro, incrédulo, fue a avanzar, pero Prince le mostró los dientes:

—No es él, es la Muerte.

El cachorro se erizó de miedo y retrocedió al grupo.

—¿Es el patrón muerto? —preguntó ansiosamente. Los otros, sin responderle, rompieron a ladrar con furia, siempre en actitud de miedoso ataque. Sin moverse, míster Jones se desvaneció en el aire ondulante.

Al oír los ladridos, los peones habían levantado la vista, sin distinguir nada. Giraron la cabeza para ver si había entrado algún caballo en la chacra, y se doblaron de nuevo.

Los fox-terriers volvieron al paso al rancho. El cachorro, erizado aún, se adelantaba y retrocedía con cortos trotes nerviosos, y supo de la experiencia de sus compañeros que cuando una cosa va a morir, aparece antes.

—¿Y cómo saben que ese que vimos no era el patrón vivo? —preguntó.

Displicente: Desdeñoso, desabrido.

—Porque no era él —le respondieron displicentes.

¡Luego la Muerte, y con ella el cambio de dueño, las miserias, las patadas, estaba sobre ellos! Pasaron el resto de la tarde al lado de su patrón, sombríos y alertas. Al menor ruido gruñían, sin saber a dónde. Míster Jones sentíase satisfecho de su guardiana inquietud.

[4] Esta alusión nos recuerda que estamos en la frontera entre civilización y una naturaleza salvaje que, en ocasiones, es difícil de someter a la roturación y el cultivo.

Por fin el sol se hundió tras el negro palmar del arroyo, y en la calma de la noche plateada, los perros se estacionaron alrededor del rancho, en cuyo piso alto míster Jones recomenzaba su velada de whisky. A media noche oyeron sus pasos, luego la doble caída de las botas en el piso de tablas, y la luz se apagó. Los perros, entonces, sintieron más el próximo cambio de dueño, y solos, al pie de la casa dormida, comenzaron a llorar. Lloraban en coro, volcando sus sollozos convulsivos y secos, como masticados, en un aullido de desolación, que la voz cazadora de Prince sostenía, mientras los otros tomaban el sollozo de nuevo. El cachorro ladraba. La noche avanzaba, y los cuatro perros de edad, agrupados a la luz de la luna, el hocico extendido e hinchado de lamentos —bien alimentados y acariciados por el dueño que iban a perder— continuaban llorando su doméstica miseria.

Palmar: Lugar donde se crían palmas.

A la mañana siguiente míster Jones fue él mismo a buscar las mulas y las unció a la carpidora, trabajando hasta las nueve. No estaba satisfecho, sin embargo. Fuera de que la tierra no había sido nunca bien rastreada, las cuchillas no tenían filo, y con el paso rápido de las mulas, la carpidora saltaba. Volvió con esta y afiló sus rejas; pero un tornillo en que ya al comprar la máquina había notado una falla se rompió al armarla. Mandó un peón al obraje próximo, recomendándole el caballo, un buen animal, pero asoleado. Alzó la cabeza al sol fundente de mediodía e insistió en que no galopara un momento. Almorzó en seguida y subió. Los perros, que en la mañana no habían dejado un segundo a su patrón, se quedaron en los corredores.

Uncir: Sujetar las bestias al yugo.

Carpidora: Utensilio para carpir.

Obraje: Establecimiento maderero.

Asoleado: Afectado por el asoleo (enfermedad de las bestias).

Fundente: Que funde o derrite.

La siesta pesaba, agobiada de luz y silencio. Todo el contorno estaba brumoso por las quemazones. Alrededor del rancho la tierra blanquizca del patio, deslumbrada por el sol a plomo, parecía deformarse en trémulo hervor, que adormecía los ojos parpadeantes de los fox-terriers.

—No ha aparecido más —dijo Milk.

Old, al oír *aparecido,* levantó las orejas sobre los ojos.

Esta vez el cachorro, incitado por la evocación, se puso en pie y ladró, buscando a aquel. Al rato calló con el grupo, entregado a su defensiva cacería de moscas.

—No vino más —agregó Isondú.

Raigón: Aumentativo de raíz.

—Había una lagartija bajo el raigón —recordó por primera vez Prince.

Una gallina, el pico abierto y las alas apartadas del cuerpo, cruzó el patio incandescente con su pesado trote de calor. Prince la siguió perezosamente con la vista, y saltó de golpe.

—¡Viene otra vez! —gritó.

Por el norte del patio avanzaba solo el caballo en que había ido el peón. Los perros se arquearon sobre las patas, ladrando con prudente furia a la Muerte que se acercaba. El animal caminaba con la cabeza baja, aparentemente indeciso sobre el rumbo que iba a seguir. Al pasar frente al rancho dio unos cuantos pasos en dirección al pozo, y se degradó progresivamente en la cruda luz.

Ijares: Espacios situados entre las costillas y los huesos de las caderas.

Rebenque: Látigo del jinete.

Míster Jones bajó; no tenía sueño. Disponíase a proseguir el montaje de la carpidora, cuando vio llegar inesperadamente al peón a caballo. A pesar de su orden, tenía que haber galopado para volver a esa hora. Culpolo, con toda su lógica racional, a lo que el otro respondía con evasivas razones. Apenas libre y concluida su misión, el pobre caballo, en cuyos ijares era imposible contar el latido, tembló agachando la cabeza, y cayó de costado. Míster Jones mandó al peón a la chacra, con el rebenque aún en la mano, para no echarlo si continuaba oyendo sus jesuíticas disculpas[5].

Pero los perros estaban contentos. La Muerte, que buscaba a su patrón, se había conformado con el caba-

[5] La imagen popular que tradicionalmente han tenido los jesuitas (individuos esquinados, maestros en el disimulo) permite entender que *jesuítico* se convierta en un adjetivo sinónimo de «hipócrita».

llo. Sentíanse alegres, libres de preocupación, y en consecuencia disponíanse a ir a la chacra tras el peón, cuando oyeron a míster Jones que gritaba a este, lejos ya, pidiéndole el tornillo. No había tornillo: el almacén estaba cerrado, el encargado dormía, etc. Míster Jones, sin replicar, descolgó su casco y salió él mismo en busca del utensilio. Resistía el sol como un peón, y el paseo era maravilloso contra su mal humor.

Los perros lo acompañaron, pero se detuvieron a la sombra del primer algarrobo; hacía demasiado calor. Desde allí, firmes en las patas, el ceño contraído y atento, lo veían alejarse. Al fin el temor a la soledad pudo más, y con agobiado trote siguieron tras él.

Algarrobo: Árbol siempre verde cuyo fruto es la algarroba.

Míster Jones obtuvo su tornillo y volvió. Para acortar distancia, desde luego, evitando la polvorienta curva del camino, marchó en línea recta a su chacra. Llegó al riacho y se internó en el pajonal, el diluviano pajonal del Saladito, que ha crecido, secado y retoñado desde que hay paja en el mundo, sin conocer fuego. Las matas, arqueadas en bóveda a la altura del pecho, se entrelazan en bloques macizos. La tarea de cruzarlo, seria ya con día fresco, era muy dura a esa hora. Míster Jones lo atravesó, sin embargo, braceando entre la paja restallante y polvorienta por el barro que dejaban las crecientes, ahogado de fatiga y acres vahos de nitratos.

Pajonal: Terreno cubierto de pajón (cierta gramínea silvestre).

Diluviano: Antiquísimo (de la época del diluvio universal).

Restallante: Crujiente.

Acres: Ásperos y picantes.

Nitratos: Sal formada por la combinación del ácido nítrico con una base.

Salió por fin y se detuvo en la linde; pero era imposible permanecer quieto bajo ese sol y ese cansancio. Marchó de nuevo. Al calor quemante que crecía sin cesar desde tres días atrás, agregábase ahora el sofocamiento del tiempo descompuesto. El cielo estaba blanco y no se sentía un soplo de viento. El aire faltaba, con angustia cardíaca que no permitía concluir la respiración.

Míster Jones se convenció de que había traspasado su límite de resistencia. Desde hacía rato le golpeaba en los oídos el latido de las carótidas. Sentíase en el aire, como si dentro de la cabeza le empujaran el crá-

Carótidas: Arterias que llevan la sangre al cerebro.

neo hacia arriba. Se mareaba mirando el pasto. Apresuró la marcha para acabar con eso de una vez... y de pronto volvió en sí y se halló en distinto paraje: había caminado media cuadra sin darse cuenta de nada. Miró atrás y la cabeza se le fue en un nuevo vértigo.

Cuadra: Medida de longitud equivalente a unos cien metros.

Entre tanto, los perros seguían tras él, trotando con toda la lengua fuera. A veces, asfixiados, deteníanse en la sombra de un espartillo; se sentaban precipitando su jadeo, pero volvían al tormento del sol. Al fin, como la casa estaba ya próxima, apuraron el trote.

Espartillo: Variedad americana del esparto.

Fue en ese momento cuando Old, que iba delante, vio tras el alambrado de la chacra a míster Jones, vestido de blanco, que caminaba hacia ellos. El cachorro, con súbito recuerdo, volvió la cabeza a su patrón, y confrontó:

Confrontar: Comparar a una persona con otra.

—¡La Muerte, la Muerte! —aulló.

Los otros lo habían visto también, y ladraban erizados. Vieron que atravesaba el alambrado, y un instante creyeron que se iba a equivocar; pero al llegar a cien metros se detuvo, miró el grupo con sus ojos celestes, y marchó adelante.

—¡Que no camine ligero el patrón! —exclamó Prince.

—¡Va a tropezar con él! —aullaron todos.

En efecto, el otro, tras breve hesitación, había avanzado, pero no directamente sobre ellos como antes, sino en línea oblicua y en apariencia errónea, pero que debía llevarlo justo al encuentro de míster Jones. Los perros comprendieron que esta vez todo concluía, porque su patrón continuaba caminando a igual paso como un autómata, sin darse cuenta de nada. El otro llegaba ya. Hundieron el rabo y corrieron de costado, aullando. Pasó un segundo, y el encuentro se produjo. Míster Jones se detuvo, giró sobre sí mismo y se desplomó.

Hesitación: Duda.

Los peones, que lo vieron caer, lo llevaron a prisa al rancho, pero fue inútil toda el agua; murió sin volver en sí. Míster Moore, su hermano materno, fue allá de

Buenos Aires, estuvo una hora en la chacra y en cuatro días liquidó todo, volviéndose en seguida al sur. Los indios se repartieron los perros que vivieron en adelante flacos y sarnosos, e iban todas las noches con hambriento sigilo a robar espigas de maíz en las chacras ajenas.

(De *Cuentos de amor, de locura y de muerte*, 1917)

EL ESPEJO Y LA MÁSCARA

Jorge Luis Borges

Librada la batalla de Clontarf[1], en la que fue humillado el noruego, el Alto Rey habló con el poeta y le dijo:

—Las proezas más claras pierden su lustre si no se las amoneda en palabras[2]. Quiero que cantes mi victoria y mi loa. Yo seré Eneas; tú serás mi Virgilio[3]. ¿Te crees capaz de acometer esa empresa, que nos hará inmortales a los dos?

—Sí, Rey —dijo el poeta—. Yo soy el Ollan[4]. Durante doce inviernos he cursado las disciplinas de la métrica. Sé de memoria las trescientas sesenta fábulas que son la base de la verdadera poesía. Los ciclos de Ulster y de Munster[5] están en las cuerdas de mi arpa. Las leyes me autorizan a prodigar las voces más arcaicas del idioma y las más complejas metáforas. Domino la escritura secreta que defiende nuestro arte del indiscreto examen

Librar: Tener lugar.

Proezas: Hazañas.

Claras: Ilustres.

Loa: Alabanza literaria.

Doce inviernos: Metonimia por «doce años».

Métrica: Disciplina que estudia las formas de los versos.

Ciclos: Conjunto de textos épicos sobre un mismo asunto.

Prodigar: Derrochar.

Arcaicas: Antiguas.

---

[1] Batalla que tuvo lugar en Clontarf (cerca de Dublín) en el año 1014. En ella los vikingos (designados en el textos como «el noruego») fueron derrotados por el ejército del monarca irlandés Brian Boru, quien probablemente es el «Alto Rey» del cuento. Estos datos proporcionan al relato una ambientación remota y de tintes míticos.

[2] Es decir, hay que poner por escrito los grandes logros, pues así conservarán su brillo, igual que los metales adquieren más valor cuando se convierten en monedas.

[3] Eneas, héroe griego relacionado con la guerra de Troya, adquirió talla inmortal gracias a la *Eneida,* poema épico que compuso en su honor el poeta latino Publio Virgilio Marón (70-21 a. C.).

[4] Los antiguos poetas irlandeses debían pasar por diversos grados antes de llegar a la categoría de *filid* (poeta). Para alcanzar esta meta era imprescindible poseer el título de *ollan* o maestro, que se obtenía tras un largo y arduo aprendizaje de las materias de las que habla el poeta a continuación.

[5] Se refiere a las dos grandes sagas gaélicas medievales, en las que se recogen historias sobre reyes y héroes legendarios de Irlanda.

Vulgo: Pueblo llano, poco experto en materias elevadas.

Abigeato: Hurto de ganado o bestias.

Linaje: Conjunto de antepasados de una familia.

Mitológico: Relativo a los mitos, fábulas de carácter religioso.

Astrología judiciaria: Astrología aplicada a las predicciones.

Derecho canónico: Conjunto de leyes específicas de la Iglesia.

Sátira: Texto que ridiculiza y censura a personas o cosas.

Harto: Bastante.

Vigilia: Trabajo intelectual desarrollado por la noche, robando horas al sueño.

Cortesano: Perteneciente a una corte y conocedor de las buenas maneras.

Panegírico: Texto que elogia a alguien.

del vulgo. Puedo celebrar los amores, los abigeatos, las navegaciones, las guerras. Conozco los linajes mitológicos de todas las casas reales de Irlanda. Poseo las virtudes de las hierbas, la astrología judiciaria, las matemáticas y el derecho canónico. He derrotado en público certamen a mis rivales. Me he adiestrado en la sátira, que causa enfermedades de la piel, incluso la lepra. Sé manejar la espada, como lo probé en tu batalla. Solo una cosa ignoro: la de agradecer el don que me haces.[6]

El Rey, a quien lo fatigaban fácilmente los discursos largos y ajenos, le dijo con alivio:

—Sé harto bien esas cosas. Acaban de decirme que el ruiseñor ya cantó en Inglaterra. Cuando pasen las lluvias y las nieves, cuando regrese el ruiseñor de sus tierras del Sur, recitarás tu loa ante la corte y ante el Colegio de Poetas. Te dejo un año entero. Limarás cada letra y cada palabra. La recompensa, ya lo sabes, no será indigna de mi real costumbre ni de tus inspiradas vigilias.

—Rey, la mejor recompensa es ver tu rostro —dijo el poeta, que era también un cortesano.

Hizo sus reverencias y se fue, ya entreviendo algún verso.

Cumplido el plazo, que fue de epidemias y rebeliones, presentó el panegírico. Lo declamó con lenta seguridad, sin una ojeada al manuscrito. El Rey lo iba aprobando con la cabeza. Todos imitaban su gesto, hasta los que agolpados en las puertas, no descifraban una palabra. Al fin el Rey habló.

—Acepto tu labor. Es otra victoria. Has atribuido a cada vocablo su genuina acepción y a cada nombre sustantivo el epíteto[7] que le dieron los primeros poetas. No hay en toda la loa una sola imagen que no hayan usado los clásicos. La guerra es el hermoso tejido de

[6] En este largo discurso el poeta se describe como el típico sabio medieval: conocedor de las letras y de la música, de los mitos y de las artes mágicas.

[7] Se refiere al *epíteto épico*, que es un adjetivo que, de forma ritual, expresa una cualidad prototípica de los personajes de un poema épico. Por ejemplo, «el *piadoso* Eneas» *(Eneida)* o «mio Cid el *buen campeador*» *(Cantar de mio Cid)*.

hombres y el agua de la espada es la sangre. El mar tiene su dios y las nubes predicen el porvenir. Has manejado con destreza la rima, la aliteración, la asonancia, las cantidades, los artificios de la docta retórica, la sabia alteración de los metros[8]. Si se perdiera toda la literatura de Irlanda —*omen absit*[9]— podría reconstruirse sin pérdida con tu clásica oda. Treinta escribas la van a transcribir dos veces.

Aliteración: Repetición de un mismo sonido en un texto.

Docta: Sabia.

Oda: Composición poética de tono solemne.

Escribas: Copistas, amanuenses.

Hubo un silencio y prosiguió.

—Todo está bien y sin embargo nada ha pasado. En los pulsos no corre más aprisa la sangre. Las manos no han buscado los arcos. Nadie ha palidecido. Nadie profirió un grito de batalla, nadie opuso el pecho a los vikingos[10]. Dentro del término de un año aplaudiremos otra loa, poeta. Como signo de nuestra aprobación, toma este espejo que es de plata.

—Doy gracias y comprendo —dijo el poeta.

Las estrellas del cielo retomaron su claro derrotero. Otra vez cantó el ruiseñor en las selvas sajonas[11] y el poeta retornó con su códice, menos largo que el anterior. No lo repitió de memoria; lo leyó con visible inseguridad, omitiendo ciertos pasajes, como si él mismo no los entendiera del todo o no quisiera profanarlos. La página era extraña. No era una descripción de la batalla, era la batalla. En su desorden bélico se agitaban el Dios que es Tres y es Uno[12], los númenes paganos de

Derrotero: Camino, rumbo.

Códice: Libro manuscrito.

Númenes paganos: Dioses de una religión distinta de la cristiana.

---

[8] El rey enumera una serie de imágenes tópicas que era tradicional emplear en los poemas épicos. A continuación aplaude el respeto del poeta a las normas y recursos habituales de la retórica (disciplina que dicta las leyes para componer discursos). Con todo ello está alabando la obra del poeta, pero también le está recriminando su falta de originalidad.

[9] «Ojalá no se cumpla el presagio» (En latín en el original).

[10] Los vikingos o normandos, originarios de la península escandinava, constituían un pueblo marinero y de costumbres guerreras que conquistó y ocupó buena parte de la Europa septentrional durante la Baja Edad Media.

[11] Metáfora con la que se alude a Inglaterra (donde habitaba el pueblo sajón). Nótese cómo para expresar el paso del tiempo el narrador acude a estas imágenes, con lo que se pretende imitar el estilo de los antiguos relatos legendarios.

[12] Se refiere al misterio de las tres personas de la Trinidad cristiana (Padre, Hijo y Espíritu Santo). Es típico que, en las antiguas sagas irlandesas, se mezclen elementos cristianos con otros procedentes de las religiones ancestrales del país.

Irlanda y los que guerrearían, centenares de años después, en el principio de la Edda Mayor[13]. La forma no era menos curiosa. Un sustantivo singular podía regir un verbo plural. Las preposiciones eran ajenas a las normas comunes. La aspereza alternaba con la dulzura. Las metáforas eran arbitrarias o así lo parecían.

El Rey cambió unas pocas palabras con los hombres de letras que lo rodeaban y habló de esta manera:

—De tu primera loa pude afirmar que era un feliz resumen de cuanto se ha cantado en Irlanda. Esta supera todo lo anterior y también lo aniquila. Suspende, maravilla y deslumbra. No la merecerán los ignaros, pero sí los doctos, los menos. Un cofre de marfil será la custodia del único ejemplar. De la pluma que ha producido obra tan eminente podemos esperar todavía una obra más alta.

Suspender: Maravillar, asombrar.

Ignaros: Ignorantes.

Agregó con una sonrisa:

—Somos figuras de una fábula y es justo recordar que en las fábulas prima el número tres[14].

El poeta se atrevió a murmurar:

—Los tres dones del hechicero, las tríadas y la indudable Trinidad.

Tríada: Grupo de tres cosas.

El Rey prosiguió:

—Como prenda de nuestra aprobación, toma esta máscara de oro.

—Doy gracias y he entendido —dijo el poeta.

El aniversario volvió. Los centinelas del palacio advirtieron que el poeta no traía un manuscrito. No sin estupor el Rey lo miró; casi era otro. Algo, que no era el tiempo, había surcado y transformado sus rasgos. Los ojos parecían mirar muy lejos o haber quedado

---

[13] Con este nombre se designa a una colección de literatura islandesa compuesta entre los siglos IX y XII. Se trata de un conjunto de treinta poemas sobre héroes y dioses germánicos y nórdicos.

[14] El rey y el poeta comprenden que no son seres reales, sino personajes de una fábula, género en el que es característica la existencia de tres elementos (tres personajes, tres pruebas, tres prendas, etc.). Este juego con la realidad y la ficción es muy habitual en los cuentos de Borges.

ciegos. El poeta le rogó que hablara unas palabras con él. Los esclavos despejaron la cámara.

—¿No has ejecutado la oda? —preguntó el Rey.

—Sí —dijo tristemente el poeta—. Ojalá Cristo Nuestro Señor me lo hubiera prohibido.

—¿Puedes repetirla?

—No me atrevo.

—Yo te doy el valor que te hace falta —declaró el Rey.

El poeta dijo el poema. Era una sola línea.

Sin animarse a pronunciarla en voz alta, el poeta y su Rey la paladearon, como si fuera una plegaria secreta o una blasfemia. El Rey no estaba menos maravillado y menos maltrecho que el otro. Ambos se miraron, muy pálidos.

Plegaria: Súplica a alguna divinidad.

Blasfemia: Injuria contra una divinidad.

Lebrel: Perro de caza.

—En los años de mi juventud —dijo el Rey— navegué hacia el ocaso. En una isla vi lebreles de plata que daban muerte a jabalíes de oro. En otra nos alimentamos con la fragancia de las manzanas mágicas. En otra vi murallas de fuego. En la más lejana de todas un río abovedado y pendiente surcaba el cielo y por sus aguas iban peces y barcos. Estas son maravillas, pero no se comparan con tu poema, que de algún modo las encierra. ¿Qué hechicería te lo dio?

—En el alba —dijo el poeta— me recordé diciendo unas palabras que al principio no comprendí. Esas palabras son un poema. Sentí que había cometido un pecado, quizá el que no perdona el Espíritu.

—El que ahora compartimos los dos —el Rey musitó—. El de haber conocido la Belleza, que es un don vedado a los hombres. Ahora nos toca expiarlo. Te di un espejo y un máscara de oro; he aquí el tercer regalo que será el último.

Le puso en la diestra una daga.

Vedado: Prohibido.

Expiar: Purificarse del pecado mediante un sacrificio.

Daga: Especie de puñal.

Del poeta sabemos que se dio muerte al salir del palacio; del Rey, que es un mendigo que recorre los caminos de Irlanda, que fue su reino, y que no ha repetido nunca el poema.

(De *El libro de arena,* 1975)

EMMA ZUNZ

Jorge Luis Borges

El catorce de enero de 1922, Emma Zunz, al volver de la fábrica de tejidos Tarbuch y Loewenthal, halló en el fondo del zaguán una carta, fechada en el Brasil, por la que supo que su padre había muerto. La engañaron, a primera vista, el sello y el sobre; luego, la inquietó la letra desconocida. Nueve o diez líneas borroneadas querían colmar la hoja; Emma leyó que el señor Maier había ingerido por error una fuerte dosis de veronal y había fallecido el tres del corriente en el hospital de Bagé[1]. Un compañero de pensión de su padre firmaba la noticia, un tal Fein o Fain de Río Grande, que no podía saber que se dirigía a la hija del muerto.

Zaguán: Vestíbulo, portal.

Colmar: Llenar.

Veronal: Fármaco utilizado como somnífero.

Emma dejó caer el papel. Su primera impresión fue de malestar en el vientre y en las rodillas; luego de ciega culpa, de irrealidad, de frío, de temor; luego, quiso ya estar en el día siguiente. Acto continuo comprendió que esa voluntad era inútil, porque la muerte de su padre era lo único que había sucedido en el mundo, y seguiría sucediendo sin fin. Recogió el papel y se fue a su cuarto. Furtivamente lo guardó en un cajón, como si de algún modo ya conociera los hechos ulteriores. Ya había empezado a vislumbrarlos, tal vez; ya era la que sería.

Acto continuo: A continuación.

Ulteriores: Posteriores.

En la creciente oscuridad, Emma lloró hasta el fin de aquel día el suicidio de Manuel Maier, que en los

[1] Localidad de Río Grande do Sul (citado a continuación), estado brasileño lindante con Argentina.

antiguos días felices fue Emanuel Zunz. Recordó veraneos en una chacra, cerca de Gualeguay[2], recordó (trató de recordar) a su madre, recordó la casita de Lanús[3] que les remataron, recordó los amarillos losanges de una ventana, recordó el auto de prisión, el oprobio, recordó los anónimos con el sueldo sobre «el desfalco del cajero», recordó (pero eso jamás lo olvidaba) que su padre, la última noche, le había jurado que el ladrón era Loewenthal. Loewenthal, Aarón Loewenthal, antes gerente de la fábrica y ahora uno de los dueños. Emma, desde 1916, guardaba el secreto. A nadie se lo había revelado, ni siquiera a su mejor amiga, Elsa Urstein. Quizá rehuía la profana incredulidad; quizá creía que el secreto era un vínculo entre ella y el ausente. Loewenthal no sabía que ella sabía; Emma Zunz derivaba de ese hecho ínfimo un sentimiento de poder.

Chacra: Granja.

Rematar: Vender en subasta pública (argentinismo).

Losanges: Piezas de cristal en forma de rombo.

Auto de prisión: Orden de prisión que emite un juez.

Oprobio: Deshonra.

Desfalco: Apropiación indebida de un dinero que se custodia.

Profana incredulidad: Incredulidad de quienes desconocen un asunto.

No durmió aquella noche, y cuando la primera luz definió el rectángulo de la ventana, ya estaba perfecto su plan. Procuró que ese día, que le pareció interminable, fuera como los otros. Había en la fábrica rumores de huelga; Emma se declaró, como siempre, contra toda violencia. A las seis, concluido el trabajo, fue con Elsa a un club de mujeres, que tiene gimnasio y pileta. Se inscribieron; tuvo que repetir y deletrear su nombre y su apellido, tuvo que festejar las bromas vulgares que comentan la revisación. Con Elsa y con la menor de las Kronfuss discutió a qué cinematógrafo irían el domingo a la tarde. Luego, se habló de novios y nadie esperó que Emma hablara. En abril cumpliría diecinueve años, pero los hombres le inspiraban, aún, un temor casi patológico...[4] De vuelta, preparó una sopa de tapioca y unas legumbres, comió temprano, se acostó y se obligó a dormir. Así, laborioso y trivial, pasó el viernes quince, la víspera.

Pileta: Piscina (argentinismo).

Patológico: Enfermizo.

Tapioca: Alimento procedente de la raíz de la mandioca (planta tropical).

[2] Localidad argentina de la provincia de Entre Ríos.

[3] Ciudad de la provincia de Buenos Aires.

[4] Adviértase cómo esta descripción de la personalidad de Emma acentúa el carácter trágico de su posterior sacrificio.

El sábado, la impaciencia la despertó. La impaciencia, no la inquietud, y el singular alivio de estar en aquel día, por fin. Ya no tenía que tramar y que imaginar; dentro de algunas horas alcanzaría la simplicidad de los hechos. Leyó en *La Prensa* que el *Nordstjärnan*, de Malmö[5], zarparía esa noche del dique 3; llamó por teléfono a Loewenthal, insinuó que deseaba comunicar, sin que lo supieran las otras, algo sobre la huelga y prometió pasar por el escritorio, al oscurecer. Le temblaba la voz; el temblor convenía a una delatora. Ningún otro hecho memorable ocurrió esa mañana. Emma trabajó hasta las doce y fijó con Elsa y con Perla Kronfuss los pormenores del paseo del domingo. Se acostó después de almorzar y recapituló, cerrados los ojos, el plan que había tramado. Pensó que la etapa final sería menos horrible que la primera y que le depararía, sin duda, el sabor de la victoria y de la justicia. De pronto, alarmada, se levantó y corrió al cajón de la cómoda. Lo abrió; debajo del retrato de Milton Sills[6], donde la había dejado la antenoche, estaba la carta de Fain. Nadie podía haberla visto; la empezó a leer y la rompió.

Referir con alguna realidad los hechos de esa tarde sería difícil y quizá improcedente. Un atributo de lo infernal es la irrealidad, un atributo que parece mitigar sus terrores y que los agrava tal vez[7]. ¿Cómo hacer verosímil una acción en la que casi no creyó quien la ejecutaba, cómo recuperar ese breve caos que hoy la memoria de Emma Zunz repudia y confunde? Emma vivía por Almagro, en la calle Liniers; nos consta que esa tarde fue al puerto. Acaso en el infame Paseo de Julio se vio multiplicada en espejos, publicada por luces y desnudada por los ojos hambrientos, pero más razonable es conjeturar que al principio erró, inadvertida, por la

Improcedente: Inadecuado.

Atributo: Rasgo característico.

Verosímil: Creíble.

Infame: Carente de honra o de buena reputación.

Conjeturar: Sospechar.

Errar: Vagar.

[5] Ciudad portuaria del sur de Suecia.

[6] Famoso actor norteamericano de la época del cine mudo.

[7] Paradoja: la irrealidad parece atenuar y, a la vez, agravar el horror. El empleo reiterado de esta figura, típico de Borges, quiere transmitir la compleja y contradictoria situación emocional de la protagonista.

Recova: Soportal (argentinismo).

indiferente recova... Entró en dos o tres bares, vio la rutina o los manejos de otras mujeres. Dio al fin con hombres del *Nordstjärnan*. De uno, muy joven, temió que le inspirara alguna ternura y optó por otro, quizá más bajo que ella y grosero, para que la pureza del horror no fuera mitigada. El hombre la condujo a una puerta y después a un turbio zaguán y después a una escalera tortuosa y después a un vestíbulo (en el que había una vidriera con losanges idénticos a los de la casa en Lanús) y después a un pasillo y después a una puerta que se cerró. Los hechos graves están fuera del tiempo, ya porque en ellos el pasado inmediato queda como tronchado del porvenir, ya porque no parecen consecutivas las partes que los forman.[8]

Tronchar: Romper, truncar.

¿En aquel tiempo fuera del tiempo, en aquel desorden perplejo de sensaciones inconexas y atroces, pensó Emma Zunz *una sola* vez en el muerto que motivaba el sacrificio? Yo tengo para mí que pensó una vez y que en ese momento peligró su desesperado propósito. Pensó (no pudo no pensar) que su padre le había hecho a su madre la cosa horrible que a ella ahora le hacían. Lo pensó con débil asombro y se refugió, en seguida, en el vértigo. El hombre, sueco o finlandés, no hablaba español; fue una herramienta para Emma como esta lo fue para él, pero ella sirvió para el goce y él para la justicia.

Cuando se quedó sola, Emma no abrió en seguida los ojos. En la mesa de luz estaba el dinero que había dejado el hombre; Emma se incorporó y lo rompió como antes había roto la carta. Romper dinero es una impiedad, como tirar el pan; Emma se arrepintió, apenas lo hizo. Un acto de soberbia y en aquel día... El temor se perdió en la tristeza de su cuerpo, en el asco. El asco y la tristeza la encadenaban, pero Emma lentamente se levantó y procedió a vestirse. En el cuarto no

[8] El momento crucial del sacrificio es silenciado mediante una elipsis, recurso típico de los relatos de intriga.

quedaban colores vivos; el último crepúsculo se agravaba. Emma pudo salir sin que la advirtieran; en la esquina subió a un Lacroze[9], que iba al oeste. Eligió, conforme a su plan, el asiento más delantero, para que no le vieran la cara. Quizá le confortó verificar, en el insípido trajín de las calles, que lo acaecido no había contaminado las cosas. Viajó por barrios decrecientes y opacos, viéndolos y olvidándolos en el acto, y se apeó en una de las bocacalles de Warnes. Paradójicamente su fatiga venía a ser una fuerza[10], pues la obligaba a concentrarse en los pormenores de la aventura y le ocultaba el fondo y el fin.

Aarón Loewenthal era, para todos, un hombre serio; para sus pocos íntimos, un avaro. Vivía en los altos de la fábrica, solo. Establecido en el desmantelado arrabal, temía a los ladrones; en el patio de la fábrica había un gran perro y en el cajón de su escritorio, nadie lo ignoraba, un revólver. Había llorado con decoro, el año anterior, la inesperada muerte de su mujer —¡una Gauss, que le trajo una buena dote!—, pero el dinero era su verdadera pasión. Con íntimo bochorno se sabía menos apto para ganarlo que para conservarlo. Era muy religioso; creía tener con el Señor un pacto secreto, que lo eximía de obrar bien, a trueque de oraciones y devociones. Calvo, corpulento, enlutado, de quevedos ahumados y barba rubia, esperaba de pie, junto a la ventana, el informe confidencial de la obrera Zunz.

Arrabal: Barrio periférico.

Dote: Aportación económica que lleva la mujer al casarse.

Eximir: Librar de una obligación.

A trueque de: A cambio de.

Quevedos: Lentes circulares que se sujetan solo en la nariz.

La vio empujar la verja (que él había entornado a propósito) y cruzar el patio sombrío. La vio hacer un pequeño rodeo cuando el perro atado ladró. Los labios de Emma se atareaban como los de quien reza en voz baja; cansados, repetían la sentencia que el señor Loewenthal oiría antes de morir.

Las cosas no ocurrieron como había previsto Emma Zunz. Desde la madrugada anterior, ella se había soña-

[9] Marca de automóviles argentina.

[10] Nótese la nueva paradoja.

do muchas veces, dirigiendo el firme revólver, forzando al miserable a confesar la miserable culpa y exponiendo la intrépida estratagema que permitiría a la Justicia de Dios triunfar de la justicia humana. (No por temor, sino por ser un instrumento de la Justicia, ella no quería ser castigada). Luego, un solo balazo en mitad del pecho rubricaría la suerte de Loewenthal. Pero las cosas no ocurrieron así,

Ante Aarón Loewenthal, más que la urgencia de vengar a su padre, Emma sintió la de castigar el ultraje padecido por ello. No podía no matarlo, después de esa minuciosa deshonra. Tampoco tenía tiempo que perder en teatralerías. Sentada, tímida, pidió excusas a Loewenthal, invocó (a fuer de delatora) las obligaciones de la lealtad, pronunció algunos nombres, dio a entender otros y se cortó como si la venciera el temor. Logró que Loewenthal saliera a buscar una copa de agua. Cuando este, incrédulo de tales aspavientos, pero indulgente, volvió del comedor, Emma ya había sacado del cajón el pesado revólver. Apretó el gatillo dos veces. El considerable cuerpo se desplomó como si los estampidos y el humo lo hubieran roto, el vaso de agua se rompió, la cara la miró con asombro y cólera, la boca de la cara la injurió en español y en ídish[11]. Las malas palabras no cejaban; Emma tuvo que hacer fuego otra vez. En el patio, el perro encadenado rompió a ladrar, y una efusión de brusca sangre manó de los labios obscenos y manchó la barba y la ropa. Emma inició la acusación que tenía preparada («He vengado a mi padre y no me podrán castigar...»), pero no la acabó, porque el señor Loewenthal ya había muerto. No supo nunca ni alcanzó a comprender.

Los ladridos tirantes le recordaron que no podía, aún, descansar. Desordenó el diván, desabrochó el saco

Rubricar: Confirmar.

Ultraje: Ofensa.

Teatralería: Gesto exagerado y efectista.

A fuer de: «Como es propio de...»

Aspaviento: Exageración de un sentimiento.

Indulgente: Inclinado a perdonar.

Efusión: Derramamiento.

Saco: Chaqueta (americanismo).

[11] El *ídish* o *yiddish* es una lengua hablada por ciertas comunidades judías de Europa y EE.UU., mezcla de hebreo y otros idiomas occidentales. Esta alusión completa el típico retrato de un judío según la tradición antisemita: avaro, egoísta y pérfido.

del cadáver, le quitó los quevedos salpicados y los dejó sobre el fichero. Luego tomó el teléfono y repitió lo que tantas veces repetiría, con esas y con otras palabras: *Ha ocurrido una cosa que es increíble... El señor Loewenthal me hizo venir con el pretexto de la huelga... Abusó de mí, lo maté...*

La historia era increíble, en efecto, pero se impuso a todos, porque sustancialmente era cierta. Verdadero era el tono de Emma Zunz, verdadero el pudor, verdadero el odio. Verdadero también era el ultraje que había padecido; solo eran falsas las circunstancias, la hora y uno o dos nombres propios[12].

(De *El Aleph*, 1949)

[12] Nótese la ironía final: el cambio de unos nombres por otros, en el caso de un asesinato, tiene una importancia crucial, pero el narrador alude a ello como si careciera de ella.

EL POSIBLE BALDI

Juan Carlos Onetti

Baldi se detuvo en la isla de cemento que sorteaban veloces los vehículos, esperando la pitada final del agente, mancha oscura sobre la alta garita blanca. Sonrió pensando en sí mismo, barbudo, el sombrero hacia atrás, las manos en los bolsillos del pantalón, una cerrando los dedos contra los honorarios de «Antonio Vergara-Samuel Freider»[1]. Decía tener un aire jovial y tranquilo, balanceando el cuerpo sobre las piernas abiertas, mirando plácido el cielo, los árboles del Congreso, los colores de los *colectivos*. Seguro frente al problema de la noche, ya resuelto por medio de la peluquería, la comida, la función de cinematógrafo con Nené. Y lleno de confianza en su poder —la mano apretando los billetes— porque una mujer rubia y extraña, parada a su lado, lo rozaba de vez en vez con sus claros ojos. Y si él quisiera...

Jovial: Alegre.

Colectivo: Autobús (americanismo).

Función: Sesión.

Se detuvieron los coches y cruzó, llegando hasta la plaza. Siguió andando, siempre calmoso. Una canasta con flores le recordó la verja de Palermo[2], el beso entre jazmines de la última noche. La cabeza despeinada de la mujer caía en su brazo. Luego el beso rápido en la esquina, la ternura en la boca, la interminable mirada brillante. Y esta noche, también esta noche. Sintió de improviso que era feliz; tan claramente, que casi se de-

[1] Se refiere a las entradas para un combate entre los dos boxeadores citados.

[2] Palermo es una conocida barriada de Buenos Aires.

tuvo, como si su felicidad estuviera pasándole al lado, y él pudiera verla, ágil y fina, cruzando la plaza con veloces pasos.

Sonrió al agua temblorosa de la fuente. Junto a la gran chiquilla dormida en piedra, alcanzó una moneda al hombre andrajoso que aún no se la había pedido. Ahora le hubiera gustado una cabeza de niño para acariciar al paso. Pero los chicos jugaban más allá, corriendo en el rectángulo de pedregullo rojizo. Solo pudo volcarse hinchando los músculos del pecho, pisando fuerte en la rejilla que colaba el viento cálido del subterráneo.

Alcanzar: Acercar.

Pedregullo: Piedras menudas.

Subterráneo: Ferrocarril subterráneo, metro.

Siguió, pensando en la caricia agradecida de los dedos de Nené en su brazo cuando le contara aquel golpe de dicha venido de ella, y en que se necesita un cierto adiestramiento para poder envasar la felicidad. Iban a lanzarse en la fundación de la Academia de la Dicha —un proyecto que adivinaba magnífico, con un audaz edificio de cristal saltando de una ciudad enjardinada, llena de bares, columnas de níquel, orquestas junto a playas de oro, y miles de afiches color rosa, desde donde sonreían mujeres de ojos borrachos— cuando notó que la mujer extraña y rubia de un momento antes caminaba a su lado, apenas unos metros a la derecha. Dobló la cabeza, mirándola.

Afiches: Carteles (americanismo).

Pequeña, con un largo impermeable verde oliva atado en la cintura como quebrándola, las manos en los bolsillos, un cuello de camisa de tenis, la moña roja de la corbata cubriéndole el pecho. Caminaba lenta, golpeando las rodillas en la tela del abrigo con un débil ruido de toldo que sacude el viento. Dos puñados de pelo rojizo salían del sombrero sin alas. El perfil afinado y todas las luces espejeándose en los ojos. Pero el secreto de la pequeña figura estaba en los tacones demasiado altos, que la obligaban a caminar con lenta majestad, hiriendo el suelo en un ritmo invariable de relojería. Y rápido como si sacudiera pensamientos tristes, la cabeza giraba hacia la izquierda chorreando una mi-

Moña: Lazo.

rada a Baldi y volvía a mirar hacia adelante. Dos, cuatro, seis veces, la ojeaba fugaz.

De pronto, un hombre bajo y gordo, con largos bigotes retintos. Sujeto por la torcida boca a la oreja semioculta de la mujer, siguiéndola tenaz y murmurante en las direcciones sesgadas que ella tomaba para separarlo.

Retinto: Teñido reiteradamente.

Sesgado: Torcido, recortado.

Baldi sonrió y alzó los ojos a lo alto del edificio. Ya las ocho y cuarto. La brocha sedosa en el salón de la peluquería, el traje azul sobre la cama, el salón del restaurante[3]. En todo caso, a las nueve y media podría estar en Palermo. Se abrochó rápidamente el saco y caminó hasta ponerse junto a la pareja. Tenía la cara ennegrecida de barba y el pecho lleno de aire, un poco inclinado hacia delante como si lo desequilibrara el peso de los puños. El hombre de los largos bigotes hizo girar los ojos en rápida inspección; luego los detuvo con aire de profundo interés, en la esquina lejana de la plaza. Se apartó en silencio, a pasos menudos y fue a sentarse en un banco de piedra, con un suspiro de satisfecho descanso. Baldi lo oyó silbar, alegre y distraído, una musiquita infantil.

Saco: Chaqueta.

Pero ya estaba la mujer, adherida a su rostro con los grandes ojos azules, la sonrisa nerviosa e inquieta, los vagos gracias, gracias, señor... Algo de subyugado y seducido que se delataba en ella, lo impulsó a no descubrirse, a oprimir los labios, mientras la mano rozaba el ala del sombrero.

Subyugado: Dominado, seducido.

—No hay por qué —y alzó los hombros, como acostumbrado a poner en fuga a hombres molestos y bigotudos.

—¿Por qué lo hizo? Yo, desde que lo vi...

Se interrumpió turbada; pero ya estaban caminando juntos. Hasta cruzar la plaza, se dijo Baldi.

—No me llame señor. ¿Qué decía? Desde que me vio...

[3] Los pensamientos de Baldi se reproducen mediante esta técnica impresionista, presentando, en forma de escuetas pinceladas, las imágenes que pasan por su cabeza.

Notó que las manos que la mujer movía en el aire en gesto de exprimir limones, eran blancas y finas. Manos de dama con esa ropa, con ese impermeable en noche de luna.

—¡Oh! Usted va a reírse.

Pero era ella la que reía, entrecortada, temblándole la cabeza. Comprendió, por las *r* suaves y las *s* silbantes, que la mujer era extranjera. Alemana, tal vez. Sin saber por qué, esto le pareció fastidioso y quiso cortar.

—Me alegro mucho, señorita, de haber podido...

—Sí, no importa que se ría. Yo, desde que lo vi esperando para cruzar la calle, comprendí que usted no era un hombre como todos. Hay algo raro en usted, tanta fuerza, algo quemante... Y esa barba, que lo hace tan orgulloso...

Histérica y literata[4], suspiró Baldi. Debiera haberme afeitado esta tarde. Pero sentía viva la admiración de la mujer; la miró de costado, con fríos ojos de examen.

—¿Por qué piensa eso? ¿Es que me conoce, acaso?

—No sé, cosas que se sienten. Los hombres, la manera de llevar el sombrero... no sé. Algo. Le pedí a Dios que hiciera que usted me hablara.

Siguieron caminando en una pausa durante la cual Baldi pensó en todas las etapas que aún debía vencer para llegar a tiempo a Palermo. Se habían hecho escasos los automóviles y los paseantes. Llegaban los ruidos de la avenida, los gritos aislados y ya sin convicción, de los vendedores de diarios.

Se detuvieron en la esquina. Baldi buscaba la frase de adiós en los letreros, los focos y el cielo con luna nueva. Ella rompió la pausa con cortos ruidos de risa filtrados por la nariz. Risa de ternura, casi de llanto, como si se apretara contra un niño. Luego alzó una mirada temerosa.

—Tan distinto a los otros.... Empleados, señores, jefes de las oficinas... —las manos exprimían rápidas

[4] Con estos dos adjetivos se define un carácter exaltado y dado a las fantasías.

mientras agregaba—: Si usted fuera tan bueno de estarse unos minutos. Si quisiera hablarme de su vida... ¡Yo sé que es todo tan extraordinario!

Baldi volvió a acariciar los billetes de Antonio Vergara contra Samuel Freider. Sin saber si era por vanidad o lástima, se resolvió. Tomó el brazo de la mujer y, hosco, sin mirarla, sintiendo impasible los maravillados y agradecidos ojos azules apoyados en su cara, la fue llevando hacia la esquina de Victoria, donde la noche era más fuerte.

Hosco: Áspero en el trato.

Unos faroles rojos clavados en el aire oscurecido. Estaban arreglando la calle. Una verja de madera rodeando máquinas, ladrillos, pilas de bolsas. Se acodó en la empalizada. La mujer se detuvo indecisa, dio unos pasos cortos, las manos en los bolsillos del perramus, mirando con atención la cara endurecida que Baldi inclinaba sobre el empedrado roto. Luego se acercó, recostada a él, mirando con forzado interés las herramientas abandonadas bajo el toldo de lona.

Pila: Montón.

Empalizada: Vallado de estacas o listones.

Perramus: Abrigo impermeable.

Evidente que la empalizada rodeaba el Fuerte Coronel Rich, sobre el Colorado, a equis millas de la frontera de Nevada. Pero él ¿era Wenonga, el de la pluma solitaria sobre el cráneo aceitado, o Mano Sangrienta, o Caballo Blanco, jefe de los sioux? Porque si estuviera del otro lado de los listones con punta flordelisada —¿qué cara pondría la mujer si él saltara sobre las maderas?—, si estuviera rodeado por la valla, sería un blanco defensor del fuerte, Buffalo Bill de altas botas, guantes de mosquetero y mostachos desafiantes[5]. Claro que no servía, que no pensaba asustar a la mujer con historias para niños. Pero estaba lanzado y apretó la boca en seguridad y fuerza.

Sioux: Tribu amerindia de Norteamérica.

Flordelisado: Con forma de flor de lis.

Mostacho: Bigote.

Se apartó bruscamente. Otra vez, sin mirarla, fijos los ojos en el final de la calle como en la otra punta del mundo:

[5] La visión de una empalizada sugiere algún lance típico de las películas del Oeste americano, en el que Baldi podría ser algún héroe del bando indígena o del de los «rostros pálidos». La imaginación del personaje convierte un elemento insignificante en todo un filón de arriesgadas aventuras.

—Vamos.

Y en seguida, en cuanto vio que la mujer lo obedecía dócil y esperando:

—¿Conoce Sudáfrica?

—¿África...?

—Sí. África del Sur. Colonia del Cabo. El Transvaal[6].

—No. ¿Es... muy lejos, verdad?

—¡Lejos...! ¡Oh, sí, unos cuantos días de aquí!

—¿Ingleses, allí?

—Sí, principalmente ingleses. Pero hay de todo.

—¿Y usted estuvo?

—¡Sí, estuve! —la cara se le balanceaba sopesando los recuerdos—. En Transvaal... Sí, casi dos años.

—*Then, do you know english?*[7]

—*Very little and very bad.*[8] Se puede decir que lo olvidé por completo.

—¿Y qué hacía allí?

—Un oficio extraño. Verdaderamente, no necesitaba saber idiomas para desempeñarme.

Desempeñarse: Desenvolverse en un trabajo.

Ella caminaba moviendo la cabeza hacia Baldi y hacia delante, como quien está por decir algo y vacila; pero no decía nada, limitándose a mover nerviosamente los hombros aceituna. Baldi la miró de costado, sonriendo a su oficio sudafricano. Ya debían ser las ocho y media. Sintió tan fuerte la urgencia del tiempo que era como si ya estuviera extendido en el sillón de la peluquería oliendo el aire perfumado, cerrados los ojos, mientras la espuma tibia se le va engrosando en la cara. Pero ya estaba la solución; ahora la mujer tendría que irse. Abiertos los ojos espantados, alejándose rápido, sin palabras. Conque hombres extraordinarios, ¿eh...?

Se detuvo frente a ella y se arqueó para acercarle el rostro.

[6] Provincias de la República de Sudáfrica, famosas por sus minas de oro y diamantes.
[7] «Luego, ¿sabe usted inglés?». (En inglés en el original).
[8] «Muy poco y muy mal». (En inglés en el original).

—No necesitaba saber inglés, porque las balas hablan una lengua universal. En Transvaal, África del Sur, me dedicaba a cazar negros[9].

Él sintió que la bota que avanzaba en Transvaal se hundía en ridículo. Pero los dilatados ojos azules seguían pidiendo con tan anhelante humildad, que quiso seguir como despeñándose.

Anhelante: Ansiosa, deseosa.

—Sí, un puesto de responsabilidad. Guardián en las minas de diamantes. En un lugar solitario. Mandan el relevo cada seis meses. Pero es un puesto conveniente; pagan en libras. Y, a pesar de la soledad, no siempre aburrido. A veces hay negros que quieren escapar con diamantes, piedras sucias, bolsitas con polvo. Estaban los alambres electrizados. Pero también estaba yo, con ganas de distraerme volteando negros ladrones. Muy divertido, le aseguro. Pam, pam, y el negro termina su carrera con una voltereta.

Voltear: Derribar.

Ahora la mujer arrugaba el entrecejo, haciendo que sus ojos pasaran frente al pecho de Baldi sin tocarlo.

—¿Y usted mataba negros? ¿Así, con un fusil?

—¿Fusil? Oh, no. Los negros ladrones se cazan con ametralladoras Marca Schneider. Doscientos cincuenta tiros por minuto.

—¿Y usted...?

—¡Claro que yo! Y con mucho gusto.

Ahora sí. La mujer se había apartado y miraba alrededor, entreabierta la boca, respirando agitada. Divertido si llamara a un vigilante. Pero se volvió con timidez al cazador de negros, pidiendo:

—Si quisiera... Podríamos sentarnos un momento en la placita.

—Vamos.

Mientras cruzaban hizo un último intento:

—¿No siente un poco de repugnancia? ¿Por mí, por lo que he contado? —con un tono burlón que suponía irritante.

[9] Es sabida la inhumana situación sufrida por la comunidad negra sudafricana.

Ella sacudió la cabeza, enérgica:

—Oh, no. Yo pienso que tendrá usted que haber sufrido mucho.

—No me conoce. ¿Yo, sufrir por los negros?

—Antes, quiero decir. Para haber sido capaz de eso, de aceptar ese puesto.

Todavía era capaz de extenderle una mano encima de la cabeza, murmurando la absolución. Vamos a ver hasta dónde aguanta la sensibilidad de una institutriz alemana.

Absolución: Perdón de los pecados o faltas.

Institutriz: Maestra particular que educa en el ámbito doméstico.

Descomponer: Desarmar.

—En la casita tenía aparato telegráfico para avisar cuando un negro moría por imprudencia. Pero a veces estaba tan aburrido, que no avisaba. Descomponía el aparato para justificar la tardanza si venía la inspección y tomaba el cuerpo del negro como compañero. Dos o tres días lo veía pudrirse, hacerse gris, hincharse. Me llevaba hasta él un libro, la pipa, y leía; en ocasiones, cuando encontraba un párrafo interesante, leía en voz alta. Hasta que mi compañero comenzaba a oler de una manera incorrecta. Entonces arreglaba el aparato, comunicaba el accidente y me iba a pasear al otro lado de la casita.

Ella no sufría suspirando por el pobre negro descomponiéndose al sol. Sacudía la triste cabeza inclinada para decir:

—Pobre amigo. ¡Qué vida! Siempre tan solo...

Hasta que él, ya sentado en un banco de la plazoleta, renunció a la noche y le tomó gusto al juego. Rápidamente, con un estilo nervioso e intenso, siguió creando al Baldi de las mil caras feroces que la admiración de la mujer hacía posible. De la mansa atención de ella, estremecida contra su cuerpo, extrajo el Baldi que gastaba en aguardiente, en una taberna de marinos en tricota —Marsella o El Havre[10]—, el dinero de amantes flacas y pintarrajeadas. Del oleaje que fingían las nubes en el cielo gris, el Baldi que se embarcó un me-

Tricota: Suéter.

[10] Ciudades francesas que cuentan con importantes puertos comerciales.

diodía en el *Santa Cecilia*, con diez dólares y un revólver. Del breve viento que hacía bailar el polvo de una casa en construcción, el gran aire arenoso del desierto, el Baldi enrolado en la Legión Extranjera[11] que regresaba a las poblaciones con una trágica cabeza de moro ensartada en la bayoneta.

Bayoneta: Arma blanca que se adapta al cañón de un fusil.

Así, hasta que el otro Baldi fue tan vivo que pudo pensar en él como en un conocido. Y entonces, repentinamente, una idea se le clavó tenaz. Un pensamiento lo aflojó en desconsuelo, junto al perramus de la mujer ya olvidada.

Comparaba al mentido Baldi con él mismo, con este hombre tranquilo e inofensivo que contaba historias a las Bovary[12] de plaza Congreso. Con el Baldi que tenía una novia, un estudio de abogado, la sonrisa respetuosa del portero, el rollo de billetes de Antonio Vergara contra Samuel Freider, cobros de pesos. Una lenta vida idiota, como todo el mundo. Fumaba rápidamente, lleno de amargura, los ojos fijos en el cuadrilátero de un cantero. Sordo a las vacilantes palabras de la mujer, que terminó callando, doblando el cuerpo para empequeñecerse.

Cantero: Cuadro de un jardín.

Porque el Dr. Baldi no fue capaz de saltar un día sobre la cubierta de una barcaza, pesada de bolsas o maderas. Porque no se había animado a aceptar que la vida es otra cosa, que la vida es lo que no puede hacerse en compañía de mujeres fieles, ni hombres sensatos. Porque había cerrado los ojos y estaba entregado como todos. Empleados, señores, jefes de las oficinas.

Tiró el cigarrillo y se levantó. Sacó el dinero y puso un billete sobre las rodillas de la mujer.

---

[11] Cuerpo militar del ejército francés, compuesto por soldados voluntarios, la mayoría de ellos extranjeros.

[12] Alusión a la novela *Madame Bovary*, obra del escritor realista francés Gustave Flaubert (1821-1880). Su protagonista, Emma Bovary, es el arquetipo de mujer disconforme con la realidad mediocre que la rodea, por lo que busca experiencias y sentimientos más intensos en la imaginación y la lectura, especialmente de obras de corte romántico.

—Tomá. ¿Querés más?[13]

Agregó un billete más grande, sintiendo que la odiaba, que hubiera dado cualquier cosa por no haberla encontrado. Ella sujetó los billetes con la mano para defenderlos del viento:

—Pero. Yo no lo he dicho... Yo no sé... —inclinándose hacia él, más azules que nunca los grandes ojos, desilusionada la boca—. ¿Se va?

Chau: Chao, adiós.

—Sí, tengo que hacer. Chau.

Volvió a saludar con la mano, con el gesto seco que hubiera usado el posible Baldi, y se fue. Pero volvió a los pocos pasos y acercó el rostro barbudo a la mímica esperanzada de la mujer, que sostenía en alto los dos billetes, haciendo girar la muñeca. Habló con la cara ensombrecida, haciendo sonar las palabras como insultos.

Mímica: Gestos.

—Ese dinero que te di lo gano haciendo contrabando de cocaína. En el Norte.

(De *Cuentos completos,* 1994)

[13] Reproducción del voseo, rasgo del español de Argentina y de otras zonas de Hispanoamérica. Consiste, básicamente, en emplear el pronombre personal «vos» como única forma de segunda persona singular (en lugar de «tú» y «usted»). El verbo del que dicho pronombre es sujeto se conjuga en segunda persona del plural: «tomá(d)», «queré(i)s».

LA CARNE

Virgilio Piñera

Sucedió con gran sencillez, sin afectación. Por motivos que no son del caso exponer, la población sufría de falta de carne. Todo el mundo se alarmó y se hicieron comentarios más o menos amargos y hasta se esbozaron ciertos propósitos de venganza. Pero, como siempre sucede, las protestas no pasaron de meras amenazas y pronto se vio aquel afligido pueblo engullendo los más variados vegetales.

Afectación: Falta de naturalidad.

Esbozar: Elaborar algo en sus rasgos generales, sin concluirlo.

Solo que el señor Ansaldo no siguió la orden general. Con gran tranquilidad se puso a afilar un enorme cuchillo de cocina, y, acto seguido, bajándose los pantalones hasta las rodillas, cortó de su nalga izquierda un hermoso filete. Tras haberlo limpiado lo adobó con sal y vinagre, lo pasó —como se dice— por la parrilla, para finalmente freírlo en la gran sartén de las tortillas del domingo. Sentose a la mesa y comenzó a saborear su hermoso filete. Entonces llamaron a la puerta; era su vecino que venía a desahogarse... Pero Ansaldo, con elegante ademán, le hizo ver el hermoso filete. El vecino preguntó y Ansaldo se limitó a mostrar su nalga izquierda. Todo quedaba explicado. A su vez, el vecino, deslumbrado y conmovido, salió sin decir palabra para volver al poco rato con el Alcalde del pueblo. Este expresó a Ansaldo su vivo deseo de que su amado pueblo se alimentara, como lo hacía Ansaldo, de sus propias carnes de cada uno. Pronto quedó acordada la cosa y después de las efusiones propias de gente bien edu-

Efusión: Demostración expansiva de afectos.

cada, Ansaldo se trasladó a la plaza principal del pueblo para ofrecer, según su frase característica, «una demostración práctica a las masas».

Una vez allí hizo saber que cada persona cortaría de su nalga izquierda dos filetes, en todo iguales a una muestra en yeso encarnado que colgaba de un reluciente alambre. Y declaraba que dos filetes y no uno, pues si él había cortado de su propia nalga izquierda un hermoso filete, justo era que la cosa marchase a compás, esto es, que nadie engullera un filete menos. Una vez fijados estos puntos, diose cada uno a rebanar dos filetes de su respectiva nalga izquierda. Era un glorioso espectáculo, pero se ruega no enviar descripciones[1]. Se hicieron cálculos acerca de cuánto tiempo gozaría el pueblo de los beneficios de la carne. Un distinguido anatómico predijo que sobre un peso de cien libras, y descontando vísceras y demás órganos no ingestibles, un individuo podía comer carne durante ciento cuarenta días a razón de media libra por día. Por lo demás, era un cálculo ilusorio. Y lo que importaba era que cada uno pudiese ingerir su hermoso filete.

Libra: Unidad de peso, equivalente a 460 gramos.

Pronto se vio a señoras que hablaban de las ventajas que reportaba la idea del señor Ansaldo. Por ejemplo, las que ya habían devorado sus senos no se veían obligadas a cubrir de telas su caja torácica, y sus vestidos concluían poco más arriba del ombligo. Y algunas, no todas, no hablaban ya, pues habían engullido su lengua, que, dicho sea de paso, es un manjar de monarcas. En la calle tenían lugar las más deliciosas escenas; así, dos señoras que hacía muchísimo tiempo que no se veían no pudieron besarse; habían usado sus labios en la confección de unas frituras de gran éxito. Y el Alcaide del penal no pudo firmar la sentencia de muerte de un condenado porque se había comido las yemas de los dedos, que, según los buenos *gourmets* (y el Alcai-

Caja torácica: Cavidad del pecho.

Alcaide: Gobernador de una cárcel.

Gourmet: Experto degustador gastronómico (galicismo).

[1] Guiño irónico al lector: aunque se afirma que el espectáculo es «glorioso», el narrador asume lo desagradable que puede resultar la escena para la imaginación de los receptores.

de lo era) ha dado origen a esa frase tan llevada y traída de «chuparse la yema de los dedos».

Hubo hasta pequeñas sublevaciones. El sindicato de obreros de ajustadores femeninos elevó su más formal protesta ante la autoridad correspondiente, y esta contestó que no era posible *slogan* alguno para animar a las señoras a usarlos de nuevo. Pero eran sublevaciones inocentes que no interrumpían de ningún modo la consumición, por parte del pueblo, de su propia carne.

Ajustador: Sostén.

Slogan: Frase utilizada como reclamo publicitario (anglicismo).

Uno de los sucesos más pintorescos de aquella agradable jornada fue la disección del último pedazo de carne del bailarín del pueblo. Este, por respeto a su arte, había dejado para lo último los bellos dedos de sus pies. Sus convecinos advirtieron que desde hacía varios días se mostraba vivamente inquieto. Ya solo le quedaba la parte carnosa del dedo gordo. Entonces invitó a sus amigos a presenciar la operación. En medio de un sanguinolento silencio cortó su porción postrera, y sin pasarla por el fuego la dejó caer en el hueco de lo que había sido en otro tiempo su hermosa boca. Entonces todos los presentes se pusieron repentinamente serios.

Disección: División de un cadáver en partes para su examen.

Postrera: Última.

Pero se iba viviendo, y era lo importante. ¿Y si acaso...? ¿Sería por eso que las zapatillas del bailarín se encontraban ahora en una de las salas del Museo de los Recuerdos Ilustres? Solo se sabe que uno de los hombres más obesos del pueblo (pesaba doscientos kilos) gastó toda su reserva de carne disponible en el breve espacio de quince días (era extremadamente goloso, y por otra parte, su organismo exigía grandes cantidades). Después ya nadie pudo verlo jamás. Evidentemente, se ocultaba...[2] Pero no solo se ocultaba él, sino que otros muchos comenzaban a adoptar idéntico comportamiento. De esta suerte, una mañana, la señora Orfila, al preguntar a su hijo —que se devoraba el lóbulo izquierdo de la oreja— dónde había guardado no

[2] Nótese cómo, mediante un eufemismo humorístico («ocultarse»), se evita aludir a la inevitable muerte de los vecinos «autoconsumidos».

Perito: Experto.

Colofón: Conclusión, culminación.

sé qué cosa, no obtuvo respuesta alguna. Y no valieron súplicas ni amenazas. Llamado el perito en desaparecidos solo pudo dar con un breve montón de excrementos en el sitio donde la señora Orfila juraba y perjuraba que su amado hijo se encontraba en el momento de ser interrogado por ella. Pero estas ligeras alteraciones no minaban en absoluto la alegría de aquellos habitantes. ¿De qué podría quejarse un pueblo que tenía asegurada su subsistencia? El grave problema de orden público creado por la falta de carne, ¿no había quedado definitivamente zanjado? Que la población fuera ocultándose progresivamente nada tenía que ver con el aspecto central de la cosa, y solo era un colofón que no alteraba en modo alguno la firme voluntad de aquella gente de procurarse el precioso alimento. ¿Era, por ventura, dicho colofón el precio que exigía la carne de cada uno? Pero sería miserable hacer más preguntas inoportunas, y aquel prudente pueblo estaba muy bien alimentado.

(De *Cuentos fríos*, 1956)

LA NOCHE BOCA ARRIBA

Julio Cortázar

Y salían en ciertas épocas a cazar enemigos;
le llamaban la guerra florida[1].

A mitad del largo zaguán del hotel pensó que debía ser tarde, y se apuró a salir a la calle y sacar la motocicleta del rincón donde el portero de al lado le permitía guardarla. En la joyería de la esquina vio que eran las nueve menos diez; llegaría con tiempo sobrado a donde iba. El sol se filtraba entre los altos edificios del centro, y él —porque para sí mismo, para ir pensando, no tenía nombre— montó en la máquina saboreando el paseo. La moto ronroneaba entre sus piernas, y un viento fresco le chicoteaba los pantalones.

Zaguán: Vestíbulo, portal.

Apurarse: Apresurarse (americanismo).

Dejó pasar los ministerios (el rosa, el blanco) y la serie de comercios con brillantes vitrinas de la calle Central. Ahora entraba en la parte más agradable del trayecto, el verdadero paseo: una calle larga, bordeada de árboles, con poco tráfico y amplias villas que dejaban venir los jardines hasta las aceras, apenas demarcadas por setos bajos. Quizá algo distraído, pero corriendo sobre la derecha como correspondía, se dejó llevar por la tersura, por la leve crispación de ese día apenas empezado[2]. Tal vez su involuntario relajamiento le impidió prevenir el accidente. Cuando vio que la

Chicotear: Dar golpes de chicote (látigo).

Villa: Casa de recreo.

Tersura: Limpieza, claridad.

Crispación: Irritación.

[1] La «guerra florida» era práctica habitual en la civilización azteca. Se trataba de una auténtica caza humana, con la que este pueblo se procuraba prisioneros cuyo destino era el sacrificio en el altar del Sol.

[2] Adviértase cómo predomina la idea de libertad en la descripción del paseo en moto. Esto permitirá establecer un interesante contraste con los sucesos posteriores.

mujer parada en la esquina se lanzaba a la calzada a pesar de las luces verdes, ya era tarde para las soluciones fáciles. Frenó con el pie y la mano, desviándose a la izquierda; oyó el grito de la mujer, y junto con el choque perdió la visión. Fue como dormirse de golpe.

Volvió bruscamente del desmayo. Cuatro o cinco hombres jóvenes lo estaban sacando de debajo de la moto. Sentía gusto a sal y sangre, le dolía una rodilla, y cuando lo alzaron gritó, porque no podía soportar la presión en el brazo derecho. Voces que no parecían pertenecer a las caras suspendidas sobre él, lo alentaban con bromas y seguridades. Su único alivio fue oír la confirmación de que había estado en su derecho al cruzar la esquina. Preguntó por la mujer, tratando de dominar la náusea que le ganaba la garganta. Mientras lo llevaban boca arriba hasta una farmacia próxima, supo que la causante del accidente no tenía más que rasguños en las piernas. «Usté[3] la agarró apenas, pero el golpe le hizo saltar la máquina de costado...». Opiniones, recuerdos, despacio, éntrenlo de espaldas, así va bien, y alguien con guardapolvo dándole a beber un trago que lo alivió en la penumbra de una pequeña farmacia de barrio.

Agarrar: Coger desprevenido.

Guardapolvo: Bata larga para preservar de manchas el traje.

La ambulancia policial llegó a los cinco minutos, y lo subieron a una camilla blanda donde pudo tenderse a gusto. Con toda lucidez, pero sabiendo que estaba bajo los efectos de un shock terrible, dio sus señas al policía que lo acompañaba. El brazo casi no le dolía; de una cortadura en la ceja goteaba sangre por toda la cara. Una o dos veces se lamió los labios para beberla. Se sentía bien, era un accidente, mala suerte; unas semanas quieto y nada más. El vigilante le dijo que la motocicleta no parecía muy estropeada. «Natural», dijo él. «Como que me la ligué encima...». Los dos se rieron, y

Shock: Choque, colapso, conmoción (voz inglesa).

Ligar: Aquí con el sentido de «echarse algo encima».

[3] Omisión de la consonante final, característica de ciertas variedades del español de América.

el vigilante le dio la mano al llegar al hospital y le deseó buena suerte. Ya la náusea volvía poco a poco; mientras lo llevaban en una camilla de ruedas hasta un pabellón del fondo, pasando bajo árboles llenos de pájaros, cerró los ojos y deseó estar dormido o cloroformado. Pero lo tuvieron largo rato en una pieza con olor a hospital, llenando una ficha, quitándole la ropa y vistiéndolo con una camisa grisácea y dura. Le movían cuidadosamente el brazo, sin que le doliera. Las enfermeras bromeaban todo el tiempo, y si no hubiera sido por las contracciones del estómago se habría sentido muy bien, casi contento.

Cloroformado: Bajo los efectos del cloroformo (sustancia anestésica).

Lo llevaron a la sala de radio, y veinte minutos después, con la placa todavía húmeda puesta sobre el pecho como una lápida negra[4], pasó a la sala de operaciones. Alguien de blanco, alto y delgado, se le acercó y se puso a mirar la radiografía. Manos de mujer le acomodaban la cabeza, sintió que lo pasaban de una camilla a otra. El hombre de blanco se le acercó otra vez, sonriendo, con algo que le brillaba en la mano derecha. Le palmeó la mejilla e hizo una seña a alguien parado atrás.

Radio: Forma reducida de «radiología».

Como sueño era curioso porque estaba lleno de olores y él nunca soñaba olores. Primero un olor a pantano, ya que a la izquierda de la calzada empezaban las marismas, los tembladerales de donde no volvía nadie. Pero el olor cesó, y en cambio vino una fragancia compuesta y oscura como la noche en que se movía huyendo de los aztecas[5]. Y todo era tan natural, tenía que huir de los aztecas que andaban a la caza de hombre, y su única probabilidad era la de esconderse en lo más denso de la selva, cuidando de no apartarse

Tembladeral: Terreno pantanoso.

[4] La elección de este símil o comparación no es inocente: crea una atmósfera lúgubre y anticipa el desarrollo posterior de la acción.

[5] Los aztecas, asentados en tierras de México desde el siglo XII, crearon un potente imperio en el que florecieron su avanzada cultura y su arte. Su religión era politeísta, y en sus ritos eran habituales los sacrificios humanos.

de la estrecha calzada que solo ellos, los motecas[6], conocían.

Lo que más le torturaba era el olor, como si aun en la absoluta aceptación del sueño algo se rebelara contra eso que no era habitual, que hasta entonces no había participado del juego. «Huele a guerra», pensó, tocando instintivamente el puñal de piedra atravesado en su ceñidor de lana tejida. Un sonido inesperado lo hizo agacharse y quedar inmóvil, temblando. Tener miedo no era extraño, en sus sueños abundaba el miedo. Esperó, tapado por las ramas de un arbusto y la noche sin estrellas. Muy lejos, probablemente del otro lado del gran lago, debían estar ardiendo fuegos de vivac; un resplandor rojizo tenía esa parte del cielo. El sonido no se repitió. Había sido como una rama quebrada. Tal vez un animal que escapaba como él del olor de la guerra. Se enderezó despacio, venteando. No se oía nada, pero el miedo seguía allí como el olor, ese incienso dulzón de la guerra florida[7]. Había que seguir, llegar al corazón de la selva evitando las ciénagas. A tientas, agachándose a cada instante para tocar el suelo más duro de la calzada, dio algunos pasos. Hubiera querido echar a correr, pero los tembladerales palpitaban a su lado. En el sendero en tinieblas, buscó el rumbo. Entonces sintió una bocanada horrible del olor que más temía, y saltó desesperado hacia delante.

Ceñidor: Faja, cinturón.

Vivac: Lugar donde pasan las tropas las noches al raso.

Ventear: Tomar el viento con el olfato (como los animales); indagar.

Ciénaga: Espacio pantanoso cubierto de cieno.

—Se va a caer de la cama —dijo el enfermo de al lado—. No brinque tanto, amigazo.

Abrió los ojos y era de tarde, con el sol ya bajo en los ventanales de la larga sala. Mientras trataba de sonreír a su vecino, se despegó casi físicamente de la última vi-

[6] Es más que probable que esta alusión al supuesto pueblo *moteca* sea una broma de Cortázar. A una realidad moderna (la moto) se le añade una terminación habitual en los nombres de antiguas civilizaciones que vivieron en el actual territorio mexicano (*aztecas*, *olmecas*, *zapotecas*). Bajo este juego humorístico subyace la confusión temporal del protagonista.

[7] Véase la cita inicial. Ahora se comprende que son los aztecas quienes protagonizan esa caza.

sión de la pesadilla. El brazo, enyesado, colgaba de un aparato con pesas y poleas. Sintió sed, como si hubiera estado corriendo kilómetros, pero no querían darle mucha agua, apenas para mojarse los labios y hacer un buche. La fiebre lo iba ganando despacio y hubiera podido dormirse otra vez, pero saboreaba el placer de quedarse despierto, entornados los ojos, escuchando el diálogo de los otros enfermos, respondiendo de cuando en cuando a alguna pregunta. Vio llegar un carrito blanco que pusieron al lado de su cama, una enfermera rubia le frotó con alcohol la cara anterior del muslo y le clavó una gruesa aguja conectada con un tubo que subía hasta un frasco lleno de líquido opalino. Un médico joven vino con un aparato de metal y cuero que le ajustó al brazo sano para verificar alguna cosa. Caía la noche, y la fiebre lo iba arrastrando blandamente a un estado donde las cosas tenían un relieve como de gemelos de teatro[8], eran reales y dulces y a la vez ligeramente repugnantes; como estar viendo una película aburrida y pensar que sin embargo en la calle es peor; y quedarse.

Hacer un buche: Tomar un sorbo.

Opalino: Del color del ópalo (blanco azulado, con reflejos irisados).

Vino una taza de maravilloso caldo de oro oliendo a puerro, a apio, a perejil. Un trocito de pan, más precioso que todo un banquete, se fue desmigajando poco a poco. El brazo no le dolía nada y solamente en la ceja, donde lo habían suturado, chirriaba a veces una punzada caliente y rápida[9]. Cuando los ventanales de enfrente viraron a manchas de un azul oscuro, pensó que no le iba a ser difícil dormirse. Un poco incómodo, de espaldas, pero al pasarse la lengua por los labios resecos y calientes sintió el sabor del caldo, y suspiró de felicidad, abandonándose.

Virar: Cambiar.

Primero fue una confusión, un atraer hacia sí todas las sensaciones por un instante embotadas o confundi-

[8] Se refiere a los anteojos que se solían llevar al teatro para ver más de cerca la función. La comparación de los objetos del sueño con los gemelos puede aludir a la forma cilíndrica de los tubos que los componen.

[9] Nótese el reiterado uso de la sinestesia para describir las sensaciones confusas y mezcladas del protagonista.

das. Comprendía que estaba corriendo en plena oscuridad, aunque arriba el cielo cruzado de copas de árboles era menos negro que el resto. «La calzada», pensó. «Me salí de la calzada»[10]. Sus pies se hundían en un colchón de hojas y barro, y ya no podía dar un paso sin que las ramas de los arbustos le azotaran el torso y las piernas. Jadeante, sabiéndose acorralado a pesar de la oscuridad y el silencio, se agachó para escuchar. Tal vez la calzada estaba cerca, con la primera luz del día iba a verla otra vez. Nada podía ayudarlo ahora a encontrarla. La mano que sin saberlo él aferraba el mango del puñal subió como el escorpión de los pantanos hasta su cuello, donde colgaba el amuleto protector. Moviendo apenas los labios musitó la plegaria del maíz que trae las lunas felices, y la súplica a la Muy Alta, a la dispensadora de los bienes motecas. Pero sentía al mismo tiempo que los tobillos se le estaban hundiendo despacio en el barro, y la espera en la oscuridad del chaparral desconocido se le hacía insoportable. La guerra florida había empezado con la luna y llevaba ya tres días y tres noches. Si conseguía refugiarse en lo profundo de la selva, abandonando la calzada más allá de la región de las ciénagas, quizá los guerreros no le siguieran el rastro. Pensó en los muchos prisioneros que ya habrían hecho. Pero la cantidad no contaba, sino el tiempo sagrado. La caza continuaría hasta que los sacerdotes dieran la señal del regreso. Todo tenía su número y su fin, y él estaba dentro del tiempo sagrado, del otro lado de los cazadores.

Amuleto: Objeto que atrae la buena suerte.

Dispensadora: Proporcionadora.

Chaparral: Lugar poblado de chaparros (cierto tipo de arbustos).

Oyó los gritos y se enderezó de un salto, puñal en mano. Como si el cielo se incendiara en el horizonte, vio antorchas moviéndose entre las ramas, muy cerca. El olor a guerra era insoportable, y cuando el primer enemigo le saltó al cuello casi sintió placer en hundir-

[10] A su llegada a tierras mexicanas, los conquistadores españoles se sorprendieron de las grandes obras de ingeniería de los aztecas, como la intrincada red de canales o las numerosas calzadas.

le la hoja de piedra en pleno pecho. Ya lo rodeaban las luces, los gritos alegres. Alcanzó a cortar el aire una o dos veces, y entonces una soga lo atrapó desde atrás.

—Es la fiebre —dijo el de la cama de al lado—. A mí me pasaba igual cuando me operé del duodeno. Tome agua y va a ver que duerme bien.

Duodeno: Porción del intestino delgado que conecta con el estómago.

Al lado de la noche de donde volvía, la penumbra tibia de la sala le pareció deliciosa. Una lámpara violeta velaba en lo alto de la pared del fondo como un ojo protector. Se oía toser, respirar fuerte, a veces un diálogo en voz baja. Todo era grato y seguro, sin ese acoso, sin... Pero no quería seguir pensando en la pesadilla. Había tantas cosas en qué entretenerse. Se puso a mirar el yeso del brazo, las poleas que tan cómodamente se lo sostenían en el aire. Le habían puesto una botella de agua mineral en la mesa de noche. Bebió del gollete, golosamente. Distinguía ahora las formas de la sala, las treinta camas, los armarios con vitrinas. Ya no debía tener tanta fiebre, sentía fresca la cara. La ceja le dolía apenas, como un recuerdo. Se vio otra vez saliendo del hotel, sacando la moto. ¿Quién hubiera pensado que la cosa iba a acabar así? Trataba de fijar el momento del accidente y le dio rabia advertir que había ahí como un hueco, un vacío que no alcanzaba a rellenar. Entre el choque y el momento en que lo habían levantado del suelo, un desmayo o lo que fuera no le dejaba ver nada. Y al mismo tiempo tenía la sensación de que ese hueco, esa nada, había durado una eternidad. No, ni siquiera tiempo, más bien como si en ese hueco él hubiera pasado a través de algo o recorrido distancias inmensas. El choque, el golpe brutal contra el pavimento. De todas maneras al salir del pozo negro había sentido casi un alivio mientras los hombres lo alzaban del suelo. Con el dolor del brazo roto, la sangre de la ceja partida, la contusión en la rodilla; con todo eso, un alivio al volver al día y sentirse sostenido y auxiliado. Y era raro. Le preguntaría alguna vez al médico de la oficina. Ahora volvía a ganarlo el sueño, a tirarlo

Gollete: Cuello de la botella.

despacio hacia abajo. La almohada era tan blanda, y en su garganta fiebrada la frescura del agua mineral. Quizá pudiera descansar de veras, sin las malditas pesadillas. La luz violeta de la lámpara en lo alto se iba apagando poco a poco.

Fiebrada: Afectada por la fiebre.

Como dormía de espaldas, no lo sorprendió la posición en que volvía a reconocerse, pero en cambio el olor a humedad, a piedra rezumante de filtraciones, le cerró la garganta y lo obligó a comprender. Inútil abrir los ojos y mirar en todas direcciones; lo envolvía una oscuridad absoluta. Quiso enderezarse y sintió las sogas en las muñecas y los tobillos. Estaba estaqueado en el suelo, en un piso de lajas helado y húmedo. El frío le ganaba la espalda desnuda, las piernas. Con el mentón buscó torpemente el contacto con su amuleto, y supo que se lo habían arrancado. Ahora estaba perdido, ninguna plegaria podía salvarlo del final. Lejanamente, como filtrándose entre las piedras del calabozo, oyó los atabales de la fiesta. Lo habían traído al teocalli[11], estaba en las mazmorras del templo a la espera de su turno.

Estaquear: Atar entre cuatro estacas, una para cada extremidad.

Piso: Suelo.

Laja: Piedra lisa y plana.

Atabal: Tamborcillo.

Oyó gritar, un grito ronco que rebotaba en las paredes. Otro grito, acabando en un quejido. Era él que gritaba en las tinieblas, gritaba porque estaba vivo, todo su cuerpo se defendía con el grito de lo que iba a venir, del final inevitable. Pensó en sus compañeros que llenarían otras mazmorras, y en los que ascendían ya los peldaños de sacrificio. Gritó de nuevo sofocadamente, casi no podía abrir la boca, tenía las mandíbulas agarrotadas y a la vez como si fueran de goma y se abrieran lentamente, con un esfuerzo interminable. El chirriar de los cerrojos lo sacudió como un látigo. Convulso, retorciéndose, luchó por zafarse de las cuerdas que se le hundían en la carne. Su brazo derecho, el más fuerte, tiraba hasta que el dolor se hizo intolerable y tuvo que ceder. Vio abrirse la doble puerta, y el olor de las antorchas le llegó antes que la luz. Apenas ceñi-

Zafarse: Liberarse.

[11] Templo donde los aztecas celebraban sus ceremonias religiosas.

Acólito: Ayudante en las ceremonias religiosas.

Tironear: Dar tirones.

Translúcida: Que deja pasar la luz, pero no ver nítidamente las figuras.

dos con el taparrabos de la ceremonia, los acólitos de los sacerdotes se le acercaron mirándolo con desprecio. Las luces se reflejaban en los torsos sudados, en el pelo negro lleno de plumas. Cedieron las sogas, y en su lugar lo aferraron manos calientes, duras como bronce; se sintió alzado, siempre boca arriba, tironeado por los cuatro acólitos que lo llevaban por el pasadizo. Los portadores de antorchas iban delante, alumbrando vagamente el corredor de paredes mojadas y techo tan bajo que los acólitos debían agachar la cabeza. Ahora lo llevaban, lo llevaban, era el final. Boca arriba, a un metro del techo de roca viva que por momentos se iluminaba con un reflejo de antorcha. Cuando en vez del techo nacieran las estrellas y se alzara frente a él la escalinata incendiada de gritos y danzas, sería el fin. El pasadizo no acababa nunca, pero ya se iba a acabar, de repente olería el aire libre lleno de estrellas, pero todavía no, andaban llevándolo sin fin en la penumbra roja, tironeándolo brutalmente, y él no quería, pero cómo impedirlo si le habían arrancado el amuleto que era su verdadero corazón, el centro de la vida.

Salió de un brinco a la noche del hospital, al alto cielo raso dulce, a la sombra blanda que lo rodeaba. Pensó que debía haber gritado, pero sus vecinos dormían callados. En la mesa de noche, la botella de agua tenía algo de burbuja, de imagen translúcida contra la sombra azulada de los ventanales. Jadeó, buscando el alivio de los pulmones, el olvido de esas imágenes que seguían pegadas a sus párpados. Cada vez que cerraba los ojos las veía formarse instantáneamente, y se enderezaba aterrado pero gozando a la vez del saber que ahora estaba despierto, que la vigilia lo protegía, que pronto iba a amanecer, con el buen sueño profundo que se tiene a esa hora, sin imágenes, sin nada... Le costaba mantener los ojos abiertos, la modorra era más fuerte que él. Hizo un último esfuerzo, con la mano sana esbozó un gesto hacia la botella de agua; no llegó a tomarla, sus dedos se cerraron en un vacío otra vez negro, y el pasadizo seguía interminable, roca tras roca, con súbitas fulguraciones rojizas, y él boca arriba gimió apagadamente porque el techo iba a acabarse, subía, abriéndose como una boca de sombra, y los acólitos se enderezaban y de la altura una luna menguante le cayó en la cara donde los ojos no querían verla, desesperadamente se cerraban y abrían buscando pasar al otro lado, descubrir de nuevo el cielo raso protector de la sala. Y cada vez que se abrían era la noche y la luna mientras lo subían por la escalinata, ahora con la cabeza colgando hacia abajo, y en lo alto estaban las hogueras, las rojas columnas de humo perfumado, y de golpe vio la piedra roja, brillante de sangre que chorreaba, y el vaivén de los pies del sacrificado que arrastraban para tirarlo rodando por las escalinatas del norte. Con una última esperanza apretó los párpados, gimiendo por despertar. Durante un segundo creyó que lo lograría, porque otra vez estaba inmóvil en la cama, a salvo del balanceo cabeza abajo. Pero olía la muerte, y cuando abrió los ojos vio la figura ensangrentada del sacrificador que venía hacia él con el cuchillo de piedra en la mano. Alcanzó a cerrar otra vez los párpados, aunque ahora sabía que no iba a despertarse, que estaba despierto, que el sueño maravilloso había sido el otro, absurdo como todos los sueños; un sueño en el que había andado por extrañas avenidas de una ciudad asombrosa, con luces verdes y rojas que ardían sin llama ni humo, con un enorme insecto de metal[12] que zumbaba bajo sus piernas. En la mentira infinita de ese sueño también lo habían alzado del suelo, también alguien se le había acercado con un cuchillo en la mano, a él tendido boca arriba, a él boca arriba con los ojos cerrados entre las hogueras.

Fulguraciones: Resplandores.

(De *Final del juego*, 1956)

[12] Obsérvese el cambio de perspectiva: cuando el hombre comprende que pertenece al mundo de los aztecas se utiliza una metáfora («insecto de metal»), pues el nombre de «motocicleta» es desconocido en esa realidad.

NO SE CULPE A NADIE

Julio Cortázar

El frío complica siempre las cosas, en verano se está tan cerca del mundo, tan piel contra piel, pero ahora a las seis y media su mujer lo espera en una tienda para elegir un regalo de casamiento, ya es tarde y se da cuenta de que hace fresco, hay que ponerse el pullover azul, cualquier cosa que vaya bien con el traje gris, el otoño es un ponerse y sacarse pullovers, irse encerrando, alejando. Sin ganas silba un tango mientras se aparta de la ventana abierta, busca el pullover en el armario y empieza a ponérselo delante del espejo. No es fácil, a lo mejor por culpa de la camisa que se adhiere a la lana del pullover, pero le cuesta hacer pasar el brazo, poco a poco va avanzando la mano hasta que al fin asoma un dedo fuera del puño de lana azul, pero a la luz del atardecer el dedo tiene un aire como de arrugado y metido para adentro, con una uña negra terminada en punta. De un tirón se arranca la manga del pullover y se mira la mano como si no fuese suya, pero ahora que está fuera del pullover se ve que es su mano de siempre y él la deja caer al extremo del brazo flojo y se le ocurre que lo mejor será meter el otro brazo en la otra manga a ver si así resulta más sencillo. Parecería que no lo es porque apenas la lana del pullover se ha pegado otra vez a la tela de la camisa, la falta de costumbre de empezar por la otra manga dificulta todavía más la operación, y aunque se ha puesto a silbar de nuevo para distraerse, siente que la mano avanza ape-

Pullover: Jersey (voz inglesa).

nas y que sin alguna maniobra complementaria no conseguirá hacerla llegar nunca a la salida. Mejor todo al mismo tiempo, agachar la cabeza para calzarla a la altura del cuello del pullover a la vez que mete el brazo libre en la otra manga enderezándola y tirando simultáneamente con los dos brazos y el cuello. En la repentina penumbra azul que lo envuelve parece absurdo seguir silbando[1], empieza a sentir como un calor en la cara, aunque parte de la cabeza ya debería estar afuera, pero la frente y toda la cara siguen cubiertas y las manos andan apenas por la mitad de las mangas, por más que tira nada sale afuera y ahora se le ocurre pensar que a lo mejor se ha equivocado en esa especie de cólera irónica con que reanudó la tarea, y que ha hecho la tontería de meter la cabeza en una de las mangas y una mano en el cuello del pullover. Si fuese así, su mano tendría que salir fácilmente, pero aunque tira con todas sus fuerzas no logra hacer avanzar ninguna de las dos manos, aunque en cambio parecería que la cabeza está a punto de abrirse paso porque la lana azul le aprieta ahora con una fuerza casi irritante la nariz y la boca, lo sofoca más de lo que hubiera podido imaginarse, obligándolo a respirar profundamente mientras la lana se va humedeciendo contra la boca, probablemente desteñirá y le manchará la cara de azul. Por suerte en ese mismo momento su mano derecha asoma al aire, al frío de afuera, por lo menos ya hay una afuera aunque la otra siga apresada en la manga, quizá era cierto que su mano derecha estaba metida en el cuello del pullover, por eso lo que él creía el cuello le está apretando de esa manera la cara, sofocándolo cada vez más, y en cambio la mano ha podido salir fácilmente. De todos modos y para estar seguro lo único que puede hacer es seguir abriéndose paso, respirando a fondo y dejando escapar el aire poco a poco, aunque sea ab-

[1] Nótese cómo en los primeros momentos del relato predomina el tono humorístico: *todavía* se trata solo de una descripción jocosa sobre un acto trivial.

surdo porque nada le impide respirar perfectamente salvo que el aire que traga está mezclado con pelusas de lana del cuello o de la manga del pullover, y además hay el gusto del pullover, ese gusto azul[2] de la lana que le debe estar manchando la cara ahora que la humedad del aliento se mezcla cada vez más con la lana, y aunque no puede verlo porque si abre los ojos las pestañas tropiezan dolorosamente con la lana, está seguro de que el azul le va envolviendo la boca mojada, los agujeros de la nariz, le ganan las mejillas, y todo eso lo va llenando de ansiedad y quisiera terminar de ponerse de una vez el pullover sin contar que debe ser tarde y su mujer estará impacientándose en la puerta de la tienda. Se dice que lo más sensato es concentrar la atención en su mano derecha, porque esa mano por fuera del pullover está en contacto con el aire frío de la habitación, es como un anuncio de que ya falta poco y además puede ayudarlo, ir subiendo por la espalda hasta aferrar el borde inferior del pullover con ese movimiento clásico que ayuda a ponerse cualquier pullover tirando enérgicamente hacia abajo. Lo malo es que aunque la mano palpa la espalda buscando el borde de lana, parecería que el pullover ha quedado completamente arrollado cerca del cuello y lo único que encuentra la mano es la camisa cada vez más arrugada y hasta salida en parte del pantalón, y de poco sirve traer la mano y querer tirar de la delantera del pullover porque sobre el pecho no se siente más que la camisa, el pullover debe haber pasado apenas por los hombros demasiado anchos para ese pullover, lo que en definitiva prueba que realmente se ha equivocado y ha metido una mano en el cuello y la otra en una manga, con lo cual la distancia que va del cuello a una de las mangas es exactamente la mitad de la que va de una manga a otra, y eso explica que él tenga la cabeza un poco

Arrollar: Enrollar.

---

[2] Sinestesia que recoge de forma muy expresiva la envolvente asfixia que atenaza al personaje.

ladeada a la izquierda, del lado donde la mano sigue prisionera en la manga, si es la manga, y en cambio su mano derecha que ya está afuera se mueva con toda libertad en el aire aunque no consiga hacer bajar el pullover que sigue como arrollado en lo alto de su cuerpo. Irónicamente se le ocurre que si hubiera una silla cerca podría descansar y respirar mejor hasta ponerse del todo el pullover, pero ha perdido la orientación después de haber girado tantas veces con esa especie de gimnasia eufórica que inicia siempre la colocación de una prenda de ropa y que tiene algo de paso de baile disimulado, que nadie puede reprochar porque responde a una finalidad utilitaria y no a culpables tendencias coreográficas. En el fondo la verdadera solución sería sacarse el pullover puesto que no ha podido ponérselo, y comprobar la entrada correcta de cada mano en las mangas y de la cabeza en el cuello, pero la mano derecha desordenadamente sigue yendo y viniendo como si ya fuera ridículo renunciar a esa altura de las cosas, y en algún momento hasta obedece y sube a la altura de la cabeza y tira hacia arriba sin que él comprenda a tiempo que el pullover se le ha pegado en la cara con esa gomosidad húmeda del aliento mezclado con el azul de la lana, y cuando la mano tira hacia arriba es un dolor como si le desgarraran las orejas y quisieran arrancarle las pestañas. Entonces más despacio, entonces hay que utilizar la mano metida en la manga izquierda, si es la manga y no el cuello, y para eso con la mano derecha ayudar a la mano izquierda para que pueda avanzar por la manga o retroceder y zafarse, aunque es casi imposible coordinar los movimientos de las dos manos, como si la mano izquierda fuese una rata metida en una jaula y desde afuera otra rata quisiera ayudarla a escaparse, a menos que en vez de ayudarla la esté mordiendo porque de golpe le duele la mano prisionera y a la vez la otra mano se hinca con todas sus fuerzas en eso que debe ser su mano y que le duele, le duele a tal punto que renuncia a qui-

Eufórica: Exultante de optimismo.

Coreográfica: Relativa a la coreografía (arte de componer bailes).

Gomosidad: Viscosidad.

tarse el pullover, prefiere intentar un último esfuerzo para sacar la cabeza fuera del cuello y la rata izquierda fuera de la jaula y lo intenta luchando con todo el cuerpo, echándose hacia delante y hacia atrás, girando en medio de la habitación, si es que está en el medio porque ahora alcanza a pensar que la ventana ha quedado abierta y que es peligroso seguir girando a ciegas, prefiere detenerse aunque su mano derecha siga yendo y viniendo sin ocuparse del pullover, aunque su mano izquierda le duela cada vez más como si tuviera los dedos mordidos o quemados, y sin embargo esa mano le obedece, contrayendo poco a poco los dedos lacerados alcanza a aferrar a través de la manga el borde del pullover arrollado en el hombro, tira hacia abajo casi sin fuerza, le duele demasiado y haría falta que la mano derecha ayudara en vez de trepar o bajar inútilmente por las piernas, en vez de pellizcarle el muslo como lo está haciendo, arañándolo y pellizcándolo a través de la ropa sin que pueda impedírselo porque toda su voluntad acaba en la mano izquierda, quizá ha caído de rodillas y se siente como colgado de la mano izquierda que tira una vez más del pullover y de golpe es el frío en las cejas y en la frente, en los ojos, absurdamente no quiere abrir los ojos pero sabe que ha salido fuera, esa materia fría, esa delicia es el aire libre, y no quiere abrir los ojos y espera un segundo, dos segundos, se deja vivir en un tiempo frío y diferente, el tiempo de fuera del pullover, está de rodillas y es hermoso estar así hasta que poco a poco agradecidamente entreabre los ojos libres de la baba azul de la lana de adentro, entreabre los ojos y ve las cinco uñas negras suspendidas apuntando a sus ojos, vibrando en el aire antes de saltar contra sus ojos, y tiene el tiempo de bajar los párpados y echarse atrás cubriéndose con la mano izquierda que es su mano, que es todo lo que le queda para que lo defienda desde dentro de la manga, para que tire hacia arriba el cuello del pullover y la baba azul le envuelva otra vez la cara mientras se endereza para huir a otra parte,

Fragoroso: Estruendoso.

para llegar por fin a alguna parte sin mano y sin pullover, donde solamente haya un aire fragoroso que lo envuelva y lo acompañe y lo acaricie y doce pisos[3].

(De *Final del juego*, 1956)

[3] Obsérvese el contraste entre las minuciosas descripciones anteriores y la concisa alusión a la caída (y presumible muerte) del protagonista.

ES QUE SOMOS MUY POBRES

Juan Rulfo

Aquí todo va de mal en peor. La semana pasada se murió mi tía Jacinta, y el sábado, cuando ya la habíamos enterrado y comenzaba a bajársenos la tristeza, comenzó a llover como nunca. A mi papá eso le dio coraje, porque toda la cosecha de cebada estaba asoleándose en el solar. Y el aguacero llegó de repente, en grandes olas de agua, sin darnos tiempo ni siquiera a esconder aunque fuera un manojo; lo único que pudimos hacer, todos los de mi casa, fue estarnos arrimados debajo del tejaván, viendo cómo el agua fría que caía del cielo quemaba aquella cebada amarilla tan recién cortada[1].

Asolearse: Secarse la cosecha al sol.

Solar: Suelo de la era.

Tejaván: Techumbre hecha solo de tejas.

Y apenas ayer, cuando mi hermana Tacha acababa de cumplir doce años, supimos que la vaca que mi papá le regaló para el día de su santo se la había llevado el río.

El río comenzó a crecer hace tres noches, a eso de la madrugada. Yo estaba muy dormido y, sin embargo, el estruendo que traía el río al arrastrarse me hizo despertar en seguida y pegar el brinco de la cama con mi cobija en la mano, como si hubiera creído que se estaba derrumbando el techo de mi casa. Pero después me volví a dormir, porque reconocí el sonido del río y porque ese sonido se fue haciendo igual hasta traerme otra vez el sueño.

Cobija: Manta.

[1] Obsérvese, ya desde el principio, la actitud de resignada impotencia de los personajes ante la desgracia.

Nublazones: Nubarrones.

Cuando me levanté, la mañana estaba llena de nublazones y parecía que había seguido lloviendo sin parar. Se notaba en que el ruido del río era más fuerte y se oía más cerca. Se olía, como se huele una quemazón, el olor a podrido del agua revuelta.

Chapaleo: Chapoteo.

A la hora en que me fui a asomar, el río ya había perdido sus orillas. Iba subiendo poco a poco por la calle real, y estaba metiéndose a toda prisa en la casa de esa mujer que le dicen *la Tambora*. El chapaleo del agua se oía al entrar por el corral y al salir en grandes chorros por la puerta. *La Tambora* iba y venía caminando por lo que era ya un pedazo de río, echando a la calle sus gallinas para que se fueran a esconder a algún lugar donde no les llegara la corriente.

Tamarindo: Árbol de flores amarillas y frutos agradables al gusto.

Y por el otro lado, por donde está el recodo, el río se debía de haber llevado, quién sabe desde cuándo, el tamarindo que estaba en el solar de mi tía Jacinta, porque ahora ya no se ve ningún tamarindo. Era el único que había en el pueblo, y por eso nomás[2] la gente se da cuenta de que la creciente esta que vemos es la más grande de todas las que ha bajado el río en muchos años.

Amontonadero: Derivación enfática de «amontonamiento».

Ruidazal: Tumulto ruidoso.

Mi hermana y yo volvimos a ir por la tarde a mirar aquel amontonadero de agua que cada vez se hace más espesa y oscura y que pasa ya muy por encima de donde debe estar el puente. Allí nos estuvimos horas y horas sin cansarnos viendo la cosa aquella. Después nos subimos por la barranca, porque queríamos oír bien lo que decía la gente, pues abajo, junto al río, hay un gran ruidazal y solo se ven las bocas de muchos que se abren y se cierran y como que quieren decir algo; pero no se oye nada. Por eso nos subimos por la barranca, donde también hay gente mirando el río y contando los perjuicios que ha hecho. Allí fue donde supimos que el río se había llevado a *la Serpentina*, la vaca esa

[2] «Nomás» es una palabra muy característica del español de México, con significado sumamente variable. Aquí equivale a «precisamente».

que era de mi hermana Tacha porque mi papá se la regaló para el día de su cumpleaños y que tenía una oreja blanca y otra colorada y muy bonitos ojos[3].

No acabo de saber por qué se le ocurriría a *la Serpentina* pasar el río este, cuando sabía que no era el mismo río que ella conocía de a diario. *La Serpentina* nunca fue tan atarantada. Lo más seguro es que ha de haber venido dormida para dejarse matar así nomás por nomás. A mí muchas veces me tocó despertarla cuando le abría la puerta del corral, porque si no, de su cuenta, allí se hubiera estado el día entero con los ojos cerrados, bien quieta y suspirando, como se oye suspirar a las vacas cuando duermen.

Atarantada: Aturdida.

Así nomás por nomás: Así porque sí.

Y aquí ha de haber sucedido eso de que se durmió. Tal vez se le ocurrió despertar al sentir que el agua pesada le golpeaba las costillas. Tal vez entonces se asustó y trató de regresar; pero al volverse se encontró entreverada y acalambrada entre aquella agua negra y dura como tierra corrediza. Tal vez bramó pidiendo que la ayudaran.

Entreverada: Mezclada, atrapada.

Acalambrada: Con los músculos contraídos por calambres.

Bramó como solo Dios sabe cómo.

Yo le pregunté a un señor que vio cuando la arrastraba el río si no había visto también al becerrito que andaba con ella. Pero el hombre dijo que no sabía si lo había visto. Solo dijo que la vaca manchada pasó patas arriba muy cerquita de donde él estaba y que allí dio una voltereta y luego no volvió a ver ni los cuernos ni las patas ni ninguna señal de vaca. Por el río rodaban muchos troncos de árboles con todo y raíces y él estaba muy ocupado en sacar leña, de modo que no podía fijarse si eran animales o troncos los que arrastraba.

Nomás por eso, no sabemos si el becerro está vivo, o si se fue detrás de su madre río abajo. Si así fue, que Dios los ampare a los dos.

La apuración que tienen en mi casa es lo que pueda suceder el día de mañana, ahora que mi hermana

Apuración: Apuro, aprieto.

[3] La enumeración en polisíndeton es un rasgo característico del lenguaje infantil.

Tacha se quedó sin nada. Porque mi papá con muchos trabajos había conseguido a *la Serpentina,* desde que era una vaquilla, para dársela a mi hermana, con el fin de que ella tuviera un capitalito y no se fuera a ir de piruja como hicieron mis otras dos hermanas, las más grandes.

Piruja: Prostituta (mexicanismo).

Según mi papá, ellas se habían echado a perder porque éramos muy pobres en mi casa y ellas eran muy retobadas. Desde chiquillas ya eran rezongonas. Y tan luego que crecieron les dio por andar con hombres de lo peor, que les enseñaron cosas malas. Ellas aprendieron pronto y entendían muy bien los chiflidos, cuando las llamaban a altas horas de la noche. Después salían de día. Iban cada rato por agua al río y a veces, cuando uno menos se lo esperaba, allí estaban en el corral, revolcándose en el suelo, todas encueradas y cada una con un hombre trepado encima.

Retobada: Rezongona, respondona.

Tan luego que: Tan pronto como.

Chiflido: Silbido.

Rezongona: Igualmente, respondona.

Entonces mi papá las corrió a las dos. Primero les aguantó todo lo que pudo; pero más tarde ya no pudo aguantarlas más y les dio carrera para la calle. Ellas se fueron para Ayutla[4] o no sé para dónde; pero andan de pirujas.

Correr: Expulsar, echar a la calle.

Por eso le entra la mortificación a mi papá, ahora por la Tacha, que no quiere vaya a resultar como sus otras dos hermanas, al sentir que se quedó muy pobre viendo la falta de su vaca, viendo que ya no va a tener con qué entretenerse mientras le da por crecer y pueda casarse con un hombre bueno, que la pueda querer para siempre. Y eso ahora va a estar difícil. Con la vaca era distinto, pues no hubiera faltado quien se hiciera el ánimo de casarse con ella, solo por llevarse también aquella vaca tan bonita.

Entretenerse: Mantenerse, sustentarse.

La única esperanza que nos queda es que el becerro esté todavía vivo. Ojalá no se le haya ocurrido pasar el río detrás de su madre. Porque si así fue, mi hermana

[4] Ayutla es una localidad del sudoeste de México, que se encuentra situada en el estado de Guerrero.

Tacha está tantito así[5] de retirado de hacerse piruja. Y mamá no quiere.

Mi mamá no sabe por qué Dios la ha castigado tanto al darle unas hijas de ese modo, cuando en su familia, desde su abuela para acá, nunca ha habido gente mala. Todos fueron criados en el temor de Dios y eran muy obedientes y no le cometían irreverencias a nadie. Todos fueron por el estilo. Quién sabe de dónde les vendría a ese par de hijas suyas aquel mal ejemplo. Ella no se acuerda. Le da vuelta a todos sus recuerdos y no ve claro dónde estuvo su mal o el pecado de nacerle una hija tras otra con la misma mala costumbre. No se acuerda. Y cada vez que piensa en ellas, llora y dice: «Que Dios las ampare a las dos».

Pero mi papá alega que aquello ya no tiene remedio. La peligrosa es la que queda aquí, la Tacha, que va como palo de ocote, crece y crece y que ya tiene unos senos que prometen ser como los de sus hermanas: puntiagudos y altos y medio alborotados para llamar la atención.

Alegar: Defender una opinión.

Ocote: Especie de pino cuya madera es idónea para encender.

—Sí —dice—, le llenará los ojos a cualquiera dondequiera que la vean. Y acabará mal; como que estoy viendo que acabará mal.

Esa es la mortificación de mi papá.

Y Tacha llora al sentir que su vaca no volverá porque se la ha matado el río. Está aquí, a mi lado, con su vestido color de rosa, mirando el río desde la barranca y sin dejar de llorar. Por su cara corren chorretes de agua sucia como si el río se hubiera metido dentro de ella.

Yo la abrazo tratando de consolarla, pero ella no entiende. Llora con más ganas. De su boca sale un ruido semejante al que se arrastra por las orillas del río[6], que la hace temblar y sacudirse todita y, mientras, la creciente sigue subiendo. El sabor a podrido que viene de

[5] Esta expresión sugiere la realización de un gesto por parte del narrador (indicando la corta distancia para la perdición de la hermana). Con ello se refuerza el tono oral del relato.

[6] La estrecha vinculación entre el destino de los personajes y la catástrofe natural se resume en estas bellas comparaciones entre los rasgos físicos de Tacha y el torrente de agua.

allá salpica la cara mojada de Tacha y los dos pechitos de ella se mueven de arriba abajo, sin parar, como si de repente comenzaran a hincharse para empezar a trabajar por su perdición.

(De *El llano en llamas*, 1953)

LUVINA

Juan Rulfo

De los cerros altos del sur, el de Luvina es el más alto y el más pedregoso. Está plagado de esa piedra gris con la que hacen la cal, pero en Luvina no hacen cal con ella ni le sacan ningún provecho. Allí la llaman piedra cruda, y la loma que sube hacia Luvina la nombran cuesta de la Piedra Cruda. El aire y el sol se han encargado de desmenuzarla, de modo que la tierra de por allí es blanca y brillante como si estuviera rociada siempre por el rocío del amanecer; aunque esto es un puro decir, porque en Luvina los días son tan fríos como las noches y el rocío se cuaja en el cielo antes que llegue a caer sobre la tierra.

...Y la tierra es empinada. Se desgaja por todos lados en barrancas hondas, de un fondo que se pierde de tan lejano. Dicen los de Luvina que de aquellas barrancas suben los sueños; pero yo lo único que vi subir fue el viento, en tremolina, como si allá abajo lo tuvieran encañonado en tubos de carrizo. Un viento que no deja crecer ni a las dulcamaras: esas plantitas tristes que apenas si pueden vivir un poco untadas a la tierra, agarradas con todas sus manos al despeñadero de los montes. Solo a veces, allí donde hay un poco de sombra, escondido entre las piedras, florece el chicalote[1] con sus amapolas blancas. Pero el chicalote pronto se

Tremolina: Movimiento ruidoso del aire.

Carrizo: Planta de tallo hueco.

[1] Es muy significativa la alusión a estas plantas (dulcamaras, chicalotes), propias de terrenos secos, y a su difícil supervivencia en la tierra árida y estéril de Luvina.

marchita. Entonces uno lo oye rasguñando el aire con sus ramas espinosas, haciendo un ruido como el de un cuchillo sobre una piedra de afilar.

—Ya mirará usted ese viento que sopla sobre Luvina. Es pardo. Dicen que porque arrastra arena de volcán; pero lo cierto es que es un aire negro. Ya lo verá usted. Se planta en Luvina prendiéndose de las cosas como si las mordiera. Y sobran días en que se lleva el techo de las casas como si se llevara un sombrero de petate, dejando los paredones lisos, descobijados. Luego rasca como si tuviera uñas: uno lo oye a mañana y tarde, hora tras hora, sin descanso, raspando las paredes, arrancando tecatas de tierra, escarbando con su pala picuda por debajo de las puertas, hasta sentirlo bullir dentro de uno como si se pusiera a remover los goznes de nuestros mismo huesos. Ya lo verá usted.

Petate: Estera de palma.

Tecata: Cuajo.

El hombre aquel que hablaba se quedó callado un rato, mirando hacia afuera.

Hasta ellos llegaban el sonido del río pasando sus crecidas aguas por las ramas de los camichines; el rumor del aire moviendo suavemente las hojas de los almendros, y los gritos de los niños jugando en el pequeño espacio iluminado por la luz que salía de la tienda.

Camichín: Especie de árbol americano.

Los comejenes entraban y rebotaban contra la lámpara de petróleo, cayendo al suelo con las alas chamuscadas.

Comején: Especie de termita.

Y afuera seguía avanzando la noche.

—¡Oye, Camilo, mándanos otras dos cervezas más! —volvió a decir el hombre. Después añadió:

—Otra cosa, señor. Nunca verá usted un cielo azul en Luvina. Allí todo el horizonte está desteñido; nublado siempre por una mancha caliginosa que no se borra nunca. Todo el lomerío pelón, sin un árbol, sin una cosa verde para descansar los ojos; todo envuelto en el calín ceniciento. Usted verá eso; aquellos cerros apagados como si estuvieran muertos y a Luvina en el más alto, coronándolo con su blanco caserío como si fuera una corona de muerto...

Caliginosa: Oscura, nebulosa.

Lomerío: Conjunto de lomas.

Calín: Calina, enturbiamiento del aire por vapores de agua.

Ceniciento: Grisáceo.

Los gritos de los niños se acercaron hasta meterse dentro de la tienda. Eso hizo que el hombre se levantara, fuera hacia la puerta y les dijera: «¡Váyanse más lejos! ¡No interrumpan! Sigan jugando, pero sin armar alboroto».

Luego, dirigiéndose otra vez a la mesa, se sentó y dijo:

—Pues sí, como le estaba diciendo. Allá llueve poco. A mediados de año llegan unas cuantas tormentas que azotan la tierra y la desgarran, dejando nada más el pedregal flotando encima del tepetate. Es bueno ver entonces cómo se arrastran las nubes, cómo andan de un cerro a otro dando tumbos como si fueran vejigas inflamadas; rebotando y pegando de truenos igual que se quebraran en el filo de las barrancas. Pero después de diez o doce días se van y no regresan sino al año siguiente, y a veces se da el caso de que no regresen en varios años.

Tepetate: Suelo de origen volcánico, difícil de cultivar.

»...Sí, llueve poco. Tan poco o casi nada, tanto que la tierra, además de estar reseca y achicada como cuero viejo, se ha llenado de rajaduras y de esa cosa que allí llaman «pasojos de agua», que no son sino terrones endurecidos como piedras filosas, que se clavan en los pies de uno al caminar, como si allí hasta a la tierra le hubieran crecido espinas. Como si así fuera.

Bebió la cerveza hasta dejar solo burbujas de espuma en la botella y siguió diciendo:

—Por cualquier lado que se le mire, Luvina es un lugar muy triste. Usted que va para allá se dará cuenta. Yo diría que es el lugar donde anida la tristeza. Donde no se conoce la sonrisa, como si a toda la gente le hubieran entablado la cara. Y usted, si quiere puede ver esa tristeza a la hora que quiera. El aire que allí sopla la revuelve, pero no se la lleva nunca. Está allí como si allí hubiera nacido. Y hasta se puede probar y sentir, porque está siempre encima de uno, apretada contra uno, y porque es oprimente como una gran cataplasma sobre la viva carne del corazón.

Entablar: Cubrir con tablas.

Cataplasma: Pomada de efectos medicinales.

»...Dicen los de allí que cuando llena la luna, ven de bulto la figura del viento recorriendo las calles de Luvina, llevando a rastras una cobija negra; pero yo siempre lo que llegué a ver, cuando había luna en Luvina, fue la imagen del desconsuelo... siempre.

Cobija: Manta.

»Pero tómese su cerveza. Veo que no le ha dado ni siquiera una probadita[2]. Tómesela. O tal vez no le guste así tibia como está. Y es que aquí no hay de otra. Yo sé que así sabe mal; que agarra un sabor como a meados de burro. Aquí uno se acostumbra. A fe que allá ni siquiera esto se consigue. Cuando vaya a Luvina la extrañará. Allí no podrá probar sino un mezcal[3] que ellos hacen con una yerba llamada hojasé, y que a los primeros tragos estará usted dando de volteretas como si lo chacamotearan. Mejor tómese su cerveza. Yo sé lo que le digo.

Extrañar: Añorar.

Chacamotear: Zarandear.

Allá afuera seguía oyéndose el batallar del río. El rumor del aire. Los niños jugando. Parecía ser aún temprano, en la noche.

El hombre se había ido a asomar una vez más a la puerta y había vuelto.

Ahora venía diciendo:

—Resulta fácil ver las cosas desde aquí, meramente traídas por el recuerdo, donde no tienen parecido ninguno. Pero a mí no me cuesta ningún trabajo seguir hablándole de lo que sé, tratándose de Luvina. Allá viví. Allá dejé la vida... Fui a ese lugar con mis ilusiones cabales y volví viejo y acabado. Y ahora usted va para allá... Está bien. Me parece recordar el principio. Me pongo en su lugar y pienso... Mire usted, cuando yo llegué por primera vez a Luvina... ¿Pero me permite antes que me tome su cerveza? Veo que usted no le

Meramente: Simplemente.

Cabal: Propio, de uno mismo.

[2] Nótese cómo, a través de las propias palabras del personaje, recibimos datos sobre el contexto en que se desarrolla el diálogo (es lo que en los textos dramáticos se denomina «acotación interna»).

[3] Aguardiente obtenido de la planta del mismo nombre (variedad de pita). Junto con el tequila es una de las bebidas alcohólicas más típicas de México.

hace caso. Y a mí me sirve de mucho. Me alivia. Siento como si me enjuagaran la cabeza con aceite alcanforado... Bueno, le contaba que cuando llegué por primera vez a Luvina, el arriero que nos llevó no quiso dejar ni siquiera que descansaran las bestias. En cuanto nos puso en el suelo, se dio media vuelta:

Alcanforado: Mezclado con alcanfor.

Arriero: Persona que conduce bestias de carga.

—Yo me vuelvo —nos dijo.

—Espera, ¿no vas a dejar sestear tus animales? Están muy aporreados.

Sestear: Recoger el ganado para resguardarlo de los rigores del sol.

—Aquí se fregarían más —nos dijo—. Mejor me vuelvo.

Fregar: Fastidiar (americanismo).

Y se fue, dejándose caer por la cuesta de la Piedra Cruda, espoleando sus caballos como si se alejara de algún lugar endemoniado[4].

Nosotros, mi mujer y mis tres hijos, nos quedamos allí, parados en mitad de la plaza, con todos nuestros ajuares en los brazos. En medio de aquel lugar donde solo se oía el viento...

Ajuar: Conjunto de pertenencias domésticas.

Una plaza sola, sin una sola yerba para detener el aire. Allí nos quedamos.

Entonces yo le pregunté a mi mujer:

—¿En qué país estamos, Agripina?

Y ella se alzó de hombros.

—Bueno, si no te importa, ve a buscar dónde comer y dónde pasar la noche. Aquí te aguardamos —le dije.

Ella agarró al más pequeño de sus hijos y se fue. Pero no regresó.

Al atardecer, cuando el sol alumbraba solo las puntas de los cerros, fuimos a buscarla. Anduvimos por los callejones de Luvina, hasta que la encontramos metida en la iglesia; sentada mero en medio de aquella iglesia solitaria, con el niño dormido entre sus piernas.

Mero: Justamente.

—¿Qué haces aquí, Agripina?

—Entré a rezar —nos dijo.

—¿Para qué? —le pregunté yo.

---

[4] De hecho, esta escena recuerda la de la visita al castillo del conde Drácula, tantas veces adaptada al cine.

Jacalón: Aumentativo de «jacal» (choza).

Cedazo: Especie de criba de tela para cerner harina.

Fonda: Establecimiento de hospedaje.

Mezquite: Árbol americano similar a la acacia.

Y ella se alzó de hombros.

Allí no había a quién rezarle. Era un jacalón vacío, sin puertas, nada más con unos socavones abiertos y un techo resquebrajado por donde se colaba el aire como por un cedazo.

—¿Dónde está la fonda?

—No hay ninguna fonda.

—¿Y el mesón?

—No hay ningún mesón.

—¿Viste a alguien? ¿Vive alguien aquí? —le pregunté.

— Sí, allí enfrente... Unas mujeres... Las sigo viendo. Mira, allí tras las rendijas de esa puerta veo brillar los ojos que nos miran... Han estado asomándose para acá... Míralas. Veo las bolas brillantes de sus ojos... Pero no tienen qué darnos de comer. Me dijeron sin sacar la cabeza que en este pueblo no había de comer... Entonces entré aquí a rezar, a pedirle a Dios por nosotros.

—¿Por qué no regresaste allí? Te estuvimos esperando.

—Entré aquí a rezar. No he terminado todavía.

—¿Qué país es este, Agripina?

Y ella volvió a alzarse de hombros.

Aquella noche nos acomodamos para dormir en un rincón de la iglesia, detrás del altar desmantelado. Hasta allí llegaba el viento, aunque un poco menos fuerte. Lo estuvimos oyendo pasar por encima de nosotros, con sus largos aullidos; lo estuvimos oyendo entrar y salir por los huecos socavones de las puertas; golpeando con sus manos de aire las cruces del via crucis[5]; unas cruces grandes y duras hechas con palo de mezquite que colgaban de las paredes a todo lo largo de la iglesia, amarradas con alambres que rechinaban a cada sacudida del viento como si fuera un rechinar de dientes.

[5] Expresión latina. Conjunto de catorce cruces o cuadros que, representando los pasos de Jesucristo en el Calvario, se colocan en las paredes de las iglesias.

Los niños lloraban porque no los dejaba dormir el miedo. Y mi mujer, tratando de retenerlos a todos entre sus brazos. Abrazando su manojo de hijos. Y yo allí, sin saber qué hacer.

Poco antes del amanecer se calmó el viento. Después regresó. Pero hubo un momento en esa madrugada en que todo se quedó tranquilo, como si el cielo se hubiera juntado con la tierra, aplastando los ruidos con su peso... Se oía la respiración de los niños ya descansada. Oía el resuello de mi mujer ahí a mi lado:

Resuello: Respiración agitada.

—¿Qué es? —me dijo.

—¿Qué es qué? —le pregunté.

—Eso, el ruido ese.

—Es el silencio. Duérmete. Descansa, aunque sea un poquito, que ya va a amanecer.

Pero al rato oí yo también. Era como un aletear de murciélagos en la oscuridad, muy cerca de nosotros. De murciélagos de grandes alas que rozaban el suelo. Me levanté y se oyó el aletear más fuerte, como si la parvada de murciélagos se hubiera espantado y volara hacia los agujeros de las puertas. Entonces caminé de puntitas hacia allá, sintiendo delante de mí aquel murmullo sordo. Me detuve en la puerta y las vi. Vi a todas las mujeres de Luvina con su cántaro al hombro con el rebozo colgado de su cabeza y sus figuras negras sobre el negro fondo de la noche.

Parvada: Conjunto de crías de ave.

Rebozo: Manto que cubre el rostro.

—¿Qué quieren? —les pregunté—. ¿Qué buscan a estas horas?

Una de ellas me respondió:

—Vamos por agua.

Las vi paradas frente a mí, mirándome. Luego, como si fueran sombras, echaron a caminar calle abajo con sus negros cántaros.

No, no se me olvidará jamás esa primera noche que pasé en Luvina.

...¿No cree usted que esto se merece otro trago? Aunque sea nomás para que se me quite el mal sabor del recuerdo.

Nomás: Solamente.

Me parece que usted me preguntó cuántos años estuve en Luvina, ¿verdad...? La verdad es que no lo sé. Perdí la noción del tiempo desde que las fiebres me lo enrevesaron; pero debió haber sido una eternidad... Y es que allá el tiempo es muy largo. Nadie lleva la cuenta de las horas ni a nadie le preocupa cómo van amontonándose los años. Los días comienzan y se acaban. Luego viene la noche. Solamente el día y la noche hasta el día de la muerte, que para ellos es una esperanza.

Enrevesar: Confundir el entendimiento.

Usted ha de pensar que le estoy dando vueltas a una misma idea. Y así es, sí señor... Estar sentado en el umbral de la puerta, mirando la salida y la puesta del sol, subiendo y bajando la cabeza, hasta que acaban aflojándose los resortes y entonces todo se queda quieto, sin tiempo, como si se viviera siempre en la eternidad. Eso hacen allí los viejos.

Porque en Luvina solo viven los puros viejos y los que todavía no han nacido, como quien dice... Y mujeres sin fuerzas, casi trabadas de tan flacas. Los niños que han nacido allí se han ido... Apenas les clarea el alba[6] y ya son hombres. Como quien dice, pegan el brinco del pecho de la madre al azadón y desaparecen de Luvina. Así es allí la cosa.

Trabada: Imposibilitada de moverse libremente.

Azadón: Azada de pala curva y alargada.

Solo quedan los puros viejos y las mujeres solas, o con un marido que anda donde solo Dios sabe dónde... Vienen de vez en cuando como las tormentas de que le hablaba; se oye un murmullo en todo el pueblo cuando regresan y uno como gruñido cuando se van... Dejan el costal del bastimento para los viejos y plantan otro hijo en el vientre de sus mujeres, y ya nadie vuelve a saber de ellos sino al año siguiente, y a veces nunca... Es la costumbre. Allí le dicen la ley, pero es lo mismo. Los hijos se pasan la vida trabajando para los padres como ellos trabajaron para los suyos y como quién sabe cuántos atrás de ellos cumplieron con su ley...

Costal: Saco grande.

Bastimento: Provisión de sustento.

[6] Es clara la metáfora: «apenas empiezan a crecer» (como el sol al amanecer).

Mientras tanto, los viejos aguardan por ellos y por el día de la muerte, sentados en sus puertas, con los brazos caídos, movidos solo por esa gracia que es la gratitud[7] del hijo... Solos, en aquella soledad de Luvina.

Un día traté de convencerlos de que se fueran a otro lugar, donde la tierra fuera buena.

—¡Vámonos de aquí! —les dije—. No faltará modo de acomodarnos en alguna parte. El gobierno nos ayudará.

Ellos me oyeron, sin parpadear, mirándome desde el fondo de sus ojos de los que solo se asomaba una lucecita allá muy adentro.

—¿Dices que el gobierno nos ayudará, profesor? ¿Tú no conoces al gobierno?

Les dije que sí.

—También nosotros lo conocemos. Da esa casualidad. De lo que no sabemos nada es de la madre del gobierno.

Yo les dije que era la Patria. Ellos movieron la cabeza diciendo que no. Y se rieron. Fue la única vez que he visto reír a la gente de Luvina. Pelaron sus dientes molenques y me dijeron que no, que el gobierno no tenía madre.

Molenque: Destartalado.

Y tienen razón, ¿sabe usted? El señor[8] ese solo se acuerda de ellos cuando alguno de sus muchachos ha hecho alguna fechoría acá abajo. Entonces manda por él hasta Luvina y se lo matan. De ahí en más no saben si existe.

De ahí en más: De ahí en adelante.

—Tú nos quieres decir que dejemos Luvina porque, según tú, ya estuvo bueno de aguantar hambres sin necesidad —me dijeron—. Pero si nosotros nos vamos, ¿quién se llevará a nuestros muertos? Ellos viven aquí y no podemos dejarlos solos.

[7] Juego de palabras entre «gracia» y «gratitud». Tienen la misma raíz etimológica, pero la primera se utiliza en el sentido de «favor, donación gratuita», y la segunda en el de «agradecimiento».

[8] Personificación irónica del gobierno. La desconfianza de los vecinos hacia él refleja el problema de la ineficiencia y la corrupción institucional que aqueja a la sociedad mexicana.

Y allá siguen. Usted los verá ahora que vaya. Mascando bagazos de mezquite seco y tragándose su propia saliva para engañar el hambre. Los mirará pasar como sombras, repegados al muro de las casas, casi arrastrados por el viento.

Bagazos: Residuos de alguna fruta o vegetal.

—¿No oyen ese viento? —les acabé por decir—. Él acabará con ustedes.

—Dura lo que debe de durar. Es el mandato de Dios —me contestaron—. Malo cuando deja de hacer aire. Cuando eso sucede, el sol se arrima mucho a Luvina y nos chupa la sangre y la poca agua que tenemos en el pellejo. El aire hace que el sol se esté allá arriba. Así es mejor.

Ya no les volví a decir nada. Me salí de Luvina y no he vuelto. No pienso regresar.

...Pero mire las maromas que da el mundo. Usted va por allá ahora, dentro de pocas horas. Tal vez ya se cumplieron quince años que me dijeron a mí lo mismo: «Usted va a ir a San Juan Luvina». En esa época tenía yo mis fuerzas. Estaba cargado de ideas... Usted sabe que a todos nosotros nos infunden ideas. Y uno va con esa plasta encima para plasmarla en todas partes. Pero en Luvina no cuajó eso. Hice el experimento y se deshizo...

Maroma: Vuelta.

Plasta: Carga.

San Juan Luvina. Me sonaba a nombre de cielo aquel nombre. Pero aquello es el purgatorio[9]. Un lugar moribundo donde se han muerto hasta los perros y ya no hay ni quien le ladre al silencio; pues en cuanto uno se acostumbra al vendaval que allí sopla, no se oye sino el silencio[10] que hay en todas las soledades. Y eso acaba con uno. Míreme a mí. Conmigo acabó. Usted que va para allá comprenderá pronto lo que le digo...

[9] El purgatorio es el lugar donde las almas limpian (purgan) sus culpas mediante sacrificios, pero, de un modo general, suele designar también cualquier lugar donde se pasan penalidades.

[10] La paradoja (oír el silencio) define muy expresivamente la naturaleza sepulcral de Luvina.

Matizar: Servir.
Plática: Conversación.

¿Qué opina usted si le pedimos a este señor que nos matice unos mezcalitos[11]? Con la cerveza se levanta uno a cada rato y eso interrumpe mucho la plática. ¡Oye, Camilo, mándanos ahora unos mezcales!

Pues sí, como le estaba yo diciendo...

Pero no dijo nada. Se quedó mirando un punto fijo sobre la mesa donde los comejenes ya sin sus alas rondaban como gusanitos desnudos.

Afuera seguía oyéndose cómo avanzaba la noche. El chapoteo del río contra los troncos de los camichines. El griterío ya muy lejano de los niños. Por el pequeño cielo de la puerta se asomaban las estrellas.

El hombre que miraba a los comejenes se recostó sobre la mesa y se quedó dormido.

(De *El llano en llamas*, 1953)

[11] Véase la nota 3.

PARÁBOLA DEL TRUEQUE

Juan José Arreola

Trueque: Intercambio comercial.

Al grito de «¡Cambio esposas viejas por nuevas!» el mercader recorrió las calles del pueblo arrastrando su convoy de pintados carromatos.

Las transacciones fueron muy rápidas, a base de unos precios inexorablemente fijos. Los interesados recibieron pruebas de calidad y certificados de garantía, pero nadie pudo escoger. Las mujeres, según el comerciante, eran de veinticuatro quilates. Todas rubias y todas circasianas[1]. Y más que rubias, doradas como candeleros.

Inexorablemente: Sin posibilidad de modificación.

Al ver la adquisición de su vecino, los hombres corrían desaforados en pos del traficante. Muchos quedaron arruinados. Solo un recién casado pudo hacer cambio a la par. Su esposa estaba flamante y no desmerecía ante ninguna de las extranjeras. Pero no era tan rubia como ellas.

Desaforado: Desmedido, fuera de sí.

En pos de: Detrás de.

Yo me quedé temblando detrás de la ventana, al paso de un carro suntuoso. Recostada entre almohadones y cortinas, una mujer que parecía un leopardo me miró deslumbrante, como desde un bloque de topacio. Presa de aquel contagioso frenesí, estuve a punto de estrellarme contra los vidrios. Avergonzado, me aparté de la ventana y volví el rostro para mirar a Sofía.

Topacio: Piedra preciosa de color amarillo.

Frenesí: Delirio furioso.

Ella estaba tranquila, bordando sobre un nuevo mantel las iniciales de costumbre. Ajena al tumulto, ensartó

---

[1] De Circasia, región de la Rusia europea. Tradicionalmente los circasianos han sido el prototipo de la raza caucásica: altos, rubios y de cutis rosado.

la aguja con sus dedos seguros. Solo yo que la conozco podía advertir su tenue, imperceptible palidez. Al final de la calle, el mercader lanzó por último la turbadora proclama: «¡Cambio esposas viejas por nuevas!». Pero yo me quedé con los pies clavados en el suelo, cerrando los oídos a la oportunidad definitiva. Afuera, el pueblo respiraba una atmósfera de escándalo.

Proclama: Anuncio público.

Sofía y yo cenamos sin decir una palabra, incapaces de cualquier comentario.

—¿Por qué no me cambiaste por otra? —me dijo al fin, llevándose los platos.

No pude contestarle, y los dos caímos más hondo en el vacío. Nos acostamos temprano, pero no podíamos dormir. Separados y silenciosos, esa noche hicimos un papel de convidados de piedra[2].

Desde entonces vivimos en una pequeña isla desierta, rodeados por la felicidad tempestuosa. El pueblo parecía un gallinero infestado de pavos reales. Indolentes y voluptuosas, las mujeres pasaban todo el día echadas en la cama. Surgían al atardecer, resplandecientes a los rayos del sol, como sedosas banderas amarillas.

Tempestuosa: Impetuosa y violenta como una tempestad.

Indolentes: Perezosas.

Voluptuosas: Sensuales.

Ni un momento se separaban de ellas los maridos complacientes y sumisos. Obstinados en la miel, descuidaban su trabajo sin pensar en el día de mañana.

Yo pasé por tonto a los ojos del vecindario, y perdí los pocos amigos que tenía. Todos pensaron que quise darles una lección, poniendo el ejemplo absurdo de la fidelidad. Me señalaban con el dedo, riéndose, lanzándome pullas desde sus opulentas trincheras. Me pusieron sobrenombres obscenos, y yo acabé por sentirme como una especie de eunuco en aquel edén placentero[3].

---

[2] Frase hecha que alude al comportamiento pasivo de alguien. Su origen se encuentra en el mito de don Juan, quien invita cínicamente a una cena a la estatua de piedra del caballero al que él mismo asesinó tras haber cometido adulterio con su mujer.

[3] Símil que expresa la sensación de impotencia del narrador, que se siente como el guardián castrado («eunuco») de un paraíso («edén») repleto de placeres.

Por su parte, Sofía se volvió cada vez más silenciosa y retraída. Se negaba a salir a la calle conmigo, para evitarme contrastes y comparaciones. Y lo que es peor, cumplía de mala gana con sus más estrictos deberes de casada. A decir verdad los dos nos sentíamos apenados de unos amores tan modestamente conyugales.

Su aire de culpabilidad era lo que más me ofendía. Se sintió responsable de que yo no tuviera una mujer como las otras. Se puso a pensar desde el primer momento que su humilde semblante de todos los días era incapaz de apartar la imagen de la tentación que yo llevaba en la cabeza. Ante la hermosura invasora, se batió en retirada hasta los últimos rincones del mudo resentimiento. Yo agoté en vano nuestras pequeñas economías, comprándole adornos, perfumes, alhajas y vestidos.

Batirse en retirada: Iniciar la retirada combatiendo aún.

—¡No me tengas lástima!

Y volvía la espalda a todos los regalos. Si me esforzaba en mimarla, venía su respuesta entre lágrimas:

—¡Nunca te perdonaré que no me hayas cambiado!

Y me echaba la culpa de todo. Yo perdía la paciencia. Y recordando a la que parecía un leopardo, deseaba de todo corazón que volviera a pasar el mercader.

Pero un día las rubias comenzaron a oxidarse. La pequeña isla en que vivíamos recobró su calidad de oasis, rodeada por el desierto. Un desierto hostil, lleno de salvajes alaridos de descontento. Deslumbrados a primera vista, los hombres no pusieron realmente atención en las mujeres. Ni les echaron una buena mirada, ni se les ocurrió ensayar su metal. Lejos de ser nuevas, eran de segunda, de tercera, de sabe Dios cuántas manos... El mercader les hizo sencillamente algunas reparaciones indispensables, y les dio un baño de oro tan bajo y tan delgado, que no resistió la prueba de las primeras lluvias.

Oasis: Lugar con agua y vegetación en medio de un desierto.

Ensayar: Comprobar.

El primer hombre que notó algo extraño se hizo el desentendido, y el segundo también. Pero el tercero, que era farmacéutico, advirtió un día entre el aroma de su mujer la característica emanación del sulfato de cobre. Procediendo con alarma a un examen minucioso, halló manchas oscuras en la superficie de la señora y puso el grito en el cielo.

Emanación: Emisión de sustancias volátiles.

Muy pronto aquellos lunares salieron a la cara de todas, como si entre las mujeres brotara una epidemia de herrumbre. Los maridos se ocultaron unos a otros las fallas de sus esposas, atormentándose en secreto con terribles sospechas acerca de su procedencia. Poco a poco salió a relucir la verdad, y cada quien supo que había recibido una mujer falsificada.

El recién casado que se dejó llevar por la corriente del entusiasmo que despertaron los cambios, cayó en un profundo abatimiento. Obsesionado por el recuerdo de un cuerpo de blancura inequívoca, pronto dio muestras de extravío. Un día se puso a remover con ácidos corrosivos los restos de oro que había en el cuerpo de su esposa, y la dejó hecha una lástima, una verdadera momia.

Sofía y yo nos encontramos a merced de la envidia y del odio. Ante esa actitud general, creí conveniente tomar algunas precauciones. Pero a Sofía le costaba trabajo disimular su júbilo, y dio en salir a la calle con sus mejores atavíos, haciendo gala entre tanta desolación. Lejos de atribuir algún mérito a mi conducta, Sofía pensaba naturalmente que yo me había quedado con ella por cobarde, pero que no me faltaron las ganas de cambiarla.

Atavío: Adorno.

Hoy salió del pueblo la expedición de los maridos engañados, que van en busca del mercader. Ha sido verdaderamente un triste espectáculo. Los hombres levantaban al cielo los puños, jurando venganza. Las mujeres iban de luto, lacias y desgreñadas, como plañideras[4] leprosas. El único que se quedó es el famoso recién

Lacia: Marchita, ajada.

Desgreñada: Despeinada.

[4] Las plañideras eran mujeres a las que se llamaba para llorar en un entierro, a cambio de una remuneración. Estas del cuento son «leprosas» por las manchas de herrumbre, que recuerdan al narrador las úlceras características de la lepra.

casado, por cuya razón se teme. Dando pruebas de un apego maniático, dice que ahora será fiel hasta que la muerte lo separe de la mujer ennegrecida, esa que él mismo acabó de estropear a base de ácido sulfúrico.

Yo no sé la vida que me aguarda al lado de una Sofía quién sabe si necia o si prudente. Por lo pronto, le van a faltar admiradores. Ahora estamos en una isla verdadera, rodeada de soledad por todas partes. Antes de irse, los maridos declararon que buscarán hasta el infierno los rastros del estafador. Y realmente, todos ponían al decirlo una cara de condenados.

Sofía no es tan morena como parece. A la luz de la lámpara, su rostro dormido se va llenando de reflejos. Como si del sueño le salieran leves, dorados pensamientos de orgullo.

(De *Confabulario total*, 1962).

EL ECLIPSE

Augusto Monterroso

Cuando fray Bartolomé Arrazola se sintió perdido aceptó que ya nada podría salvarlo. La selva poderosa de Guatemala lo había apresado, implacable y definitiva. Ante su ignorancia topográfica se sentó con tranquilidad a esperar la muerte. Quiso morir allí, sin ninguna esperanza, aislado, con el pensamiento fijo en la España distante, particularmente en el convento de Los Abrojos, donde Carlos Quinto[1] condescendiera una vez a bajar de su eminencia para decirle que confiaba en el celo religioso de su labor redentora.

Al despertar se encontró rodeado por un grupo de indígenas de rostro impasible que se disponían a sacrificarlo ante un altar, un altar que a Bartolomé le pareció como el lecho en que descansaría, al fin, de sus temores, de su destino, de sí mismo.

Tres años en el país le habían conferido un mediano dominio de las lenguas nativas. Intentó algo. Dijo algunas palabras que fueron comprendidas.

Entonces floreció en él una idea que tuvo por digna de su talento y de su cultura universal y de su arduo conocimiento de Aristóteles[2]. Recordó que para ese día

Topográfica: Relativa a la topografía, arte de representar en mapas el terreno.

Condescender: Acceder a la petición de alguien.

Eminencia: Altura (aquí en sentido figurado).

Celo: Cuidado y esmero en el desarrollo de una actividad.

Redentora: Salvadora.

Arduo: Muy difícil.

---

[1] Carlos V (1500-1558), emperador de Alemania y rey de España (Carlos I), fue la principal figura política de la Europa de su tiempo. Durante su reinado España alcanzó la hegemonía en el continente, al tiempo que se impulsó la exploración y conquista de extensos territorios de las recién descubiertas Indias Occidentales.

[2] Aristóteles de Estagira (384-322 a. C.) es uno de los grandes filósofos griegos, creador de una obra de enorme influencia en la historia del pensamiento occidental. Además de sus

se esperaba un eclipse total de sol. Y dispuso, en lo más íntimo, valerse de aquel conocimiento para engañar a sus opresores y salvar la vida.

—Si me matáis —les dijo— puedo hacer que el sol se oscurezca en su altura.

Los indígenas lo miraron fijamente y Bartolomé sorprendió la incredulidad en sus ojos. Vio que se produjo un pequeño consejo, y esperó confiado, no sin cierto desdén.

Vehemente: Apasionado e impetuoso.

Códice: Libro manuscrito antiguo.

Dos horas después el corazón de fray Bartolomé Arrazola chorreaba su sangre vehemente sobre la piedra de los sacrificios (brillante bajo la opaca luz de un sol eclipsado), mientras uno de los indígenas recitaba sin ninguna inflexión de voz, sin prisa, una por una, las infinitas fechas en que se producirían eclipses solares y lunares, que los astrónomos de la comunidad maya[3] habían previsto y anotado en sus códices sin la valiosa ayuda de Aristóteles.

(De *Obras completas y otros cuentos*), 1959)

pesquisas sobre metafísica, ética, política o retórica, también se dedicó al estudio de los cuerpos celestes en libros como *Acerca del cielo* o los *Meteorológicos,* donde, en efecto, habla sobre los eclipses.

[3] La civilización maya se desarrolló entre el 613 a. C. hasta 1437 en una amplia zona de América Central. Hasta su decadencia (hacia el siglo XII) fue una de las más importantes comunidades precolombinas, debido sobre todo a su alto desarrollo cultural. En esta última faceta hay que destacar sus amplios y precisos conocimientos de astronomía.

FAMILIA IRIARTE

Mario Benedetti

Había cinco familias[1] que llamaban al Jefe. En la guardia de la mañana yo estaba a cargo del teléfono y conocía de memoria las cinco voces. Todos estábamos enterados de que cada familia era un programa y a veces cotejábamos nuestras sospechas.

Cotejar: Comparar.

Para mí, por ejemplo, la familia Calvo era gordita, arremetedora, con la pintura siempre más ancha que el labio; la familia Ruiz, una pituca sin calidad, de mechón sobre el ojo; la familia Durán, una flaca intelectual, del tipo fatigado y sin prejuicios; la familia Salgado, una hembra de labio grueso, de esas que convencen a puro sexo. Pero la única que tenía voz de mujer ideal era la familia Iriarte. Ni gorda ni flaca, con las curvas suficientes para bendecir el don del tacto que nos da natura; ni demasiado terca ni demasiado dócil, una verdadera mujer, eso es; un carácter. Así la imaginaba. Conocía su risa franca y contagiosa y desde allí inventaba su gesto. Conocía sus silencios y sobre ellos creaba sus ojos. Negros, melancólicos. Conocía su tono amable, acogedor, y desde allí inventaba su ternura.

Arremetedora: Que arremete; persona impetuosa.

Pituca: Muchacha presumida que se quiere hacer pasar por adulta.

Natura: La naturaleza.

Con respecto a las otras familias había discrepancias. Para Elizalde, por ejemplo, la Salgado era una petiza sin pretensiones; para Rossi, la Calvo era una pasa

Petiza: Persona de baja estatura.

[1] Aunque en el relato no queda demasiado preciso el significado de la palabra «familia», es claro que se trata de un término con el que, de forma coloquial y un tanto humorística, se alude a la secretaria de otra empresa o despacho.

de uva; la Ruiz, una veterana más para Correa. Pero en cuanto a la familia Iriarte todos coincidíamos en que era divina, más aún, todos habíamos construido casi la misma imagen a partir de su voz. Estábamos seguros de que si un día llegaba a abrir la puerta de la oficina y simplemente sonreía, aunque no pronunciase palabra, igual la íbamos a reconocer a coro, porque todos habíamos creado la misma sonrisa inconfundible.

El Jefe, que era un tipo relativamente indiscreto en cuanto se refería a los asuntos confidenciales que rozaban la oficina, pasaba a ser una tumba de discreción y de reserva en lo que concernía a las cinco familias. En esa zona, nuestros diálogos con él eran de un laconismo desalentador. Nos limitábamos a atender la llamada, a apretar el botón para que la chicharra sonase en su despacho, y a comunicarle, por ejemplo: «Familia Salgado». Él decía sencillamente «Pásemela» o «Que llame dentro de una hora». Nunca un comentario, ni siquiera una broma. Y eso que sabía que éramos de confianza.

Laconismo: Brevedad en la expresión.

Chicharra: Timbre eléctrico.

Yo no podía explicarme por qué la familia Iriarte era, de las cinco, la que llamaba con menos frecuencia, a veces cada quince días. Claro que en esas ocasiones la luz roja que indicaba «ocupado» no se apagaba por lo menos durante un cuarto de hora. Cuánto hubiera representado para mí escuchar durante quince minutos seguidos aquella vocecita tan tierna, tan graciosa, tan segura.

Una vez me animé a decir algo, no recuerdo qué, y ella me contestó algo, no recuerdo qué. ¡Qué día![2] Desde entonces acaricié la esperanza de hablar un poquito con ella, más aún, de que ella también reconociese mi voz como yo reconocía la suya. Una mañana tuve la ocurrencia de decir: «¿Podría esperar un instante hasta

[2] La relación telefónico-amorosa con la familia Iriarte se plantea desde una óptica humorística y con grandes dosis de ingenuidad, más propia de la adolescencia que de estos ya maduros oficinistas, como se desprende de estas palabras.

que consiga comunicación?» y ella me contestó: «Cómo no, siempre que usted me haga amable la espera». Reconozco que ese día estaba medio tarado, porque solo pude hablarle del tiempo, del trabajo y de un proyectado cambio de horario. Pero en otra ocasión me hice de valor y conversamos sobre temas generales aunque con significados particulares. Desde entonces ella reconocía mi voz y me saludaba con un «¿Qué tal, secretario?» que me aflojaba por completo.

Hacerse de valor: Armarse de valor.

Unos meses después de esa variante me fui de vacaciones al Este. Desde hacía años, mis vacaciones en el Este habían constituido mi esperanza más firme desde un punto de vista sentimental. Siempre pensé que en una de esas licencias iba a encontrar a la muchacha en quien personificar mis sueños privados y a quien destinar mi ternura latente. Porque yo soy definidamente un sentimental. A veces me lo reprocho, me digo que hoy en día vale más ser egoísta y calculador pero de nada sirve. Voy al cine, me trago una de esas cursilerías mexicanas con hijos naturales y pobres viejecitos, comprendo sin lugar a dudas que es idiota, y sin embargo no puedo evitar que se me haga un nudo en la garganta[3].

Licencias: Vacaciones.

Latente: Oculta.

Hijo natural: Nacido fuera del matrimonio.

Ahora que en eso de encontrar a la mujer en el Este, yo me he investigado mucho y he hallado otros motivos no tan sentimentales. La verdad es que en un balneario uno solo ve mujercitas limpias, frescas, descansadas, dispuestas a reírse, a festejarlo todo. Claro que también en Montevideo[4] hay mujercitas limpias, pero las pobres están siempre cansadas. Los zapatos estrechos, las escaleras, los autobuses, las dejan amargadas y sudorosas. En la ciudad uno ignora prácticamente cómo es la alegría de una mujer. Y eso, aunque no lo parezca, es importante. Personalmente me considero

[3] La afición a los melodramas (muy similares a los actuales «culebrones») define certeramente el carácter sentimental y fantasioso del protagonista.

[4] Capital de Uruguay y espacio habitual de las ficciones de Benedetti.

capaz de soportar cualquier tipo de pesimismo femenino, diría que me siento con fuerzas como para dominar toda especie de llanto, de gritos o de histeria. Pero me reconozco mucho más exigente en cuanto a la alegría. Hay risas de mujeres que, francamente, nunca pude aguantar. Por eso en un balneario, donde todas ríen desde que se levantan para el primer baño hasta que salen mareadas del Casino, uno sabe quién es quién y qué risa es asqueante y cuál maravillosa.

Fue precisamente en el Balneario donde volví a oír su Voz. Yo bailaba entre las mesitas de una terraza, a la luz de una luna que a nadie le importaba. Mi mano derecha se había afirmado sobre una espalda parcialmente despellejada que aún no había perdido el calor de la tarde. La dueña de la espalda se reía y era una buena risa, no había que descartarla. Siempre que podía yo le miraba unos pelitos rubios, casi transparentes, que tenía en las inmediaciones de la oreja, y en realidad me sentía bastante conmovido. Mi compañera hablaba poco, pero siempre decía algo lo bastante soso como para que yo apreciara sus silencios.

Justamente, fue en el agradable transcurso de uno de estos que oí la frase, tan nítida como si la hubieran recortado especialmente para mí: «¿Y usted qué refresco prefiere?». No tiene importancia ni ahora ni después, pero yo la recuerdo palabra por palabra. Se había formado uno de esos lentos y arrastrados nudos que provoca el tango. La frase había sonado muy cerca, pero esa vez no pude relacionarla con ninguna de las caderas que me habían rozado.

Dos noches después, en el Casino, perdía unos noventa pesos[5] y me vino la loca de jugar cincuenta en una última bola. Si perdía, paciencia; tendría que volver en seguida a Montevideo. Pero salió el 32 y me sentí infinitamente reconfortado y optimista cuando repasé las ocho fichas naranjas de aro que le había dedicado.

La loca: La locura.

[5] El peso es la unidad monetaria de Uruguay.

Entonces alguien dijo en mi oído, casi como un teléfono: «Así se juega; hay que arriesgarse».

Me di vuelta, tranquilo, seguro de lo que iba a hallar y la familia Iriarte que estaba junto a mí era tan deliciosa como la que yo y los otros habíamos inventado a partir de su voz. A continuación fue relativamente sencillo tomar un hilo de su propia frase, construir una teoría del riesgo, y convencerla de que se arriesgara conmigo, a conversar primero, a bailar después, a encontrarnos en la playa al día siguiente.

Desde entonces anduvimos juntos. Me dijo que se llamaba Doris, Doris Freire. Era rigurosamente cierto (no sé con qué motivo me mostró su carnet) y, además, muy explicable: yo siempre había pensado que las «familias» eran solo nombres de teléfono. Desde el primer día me hice esta composición de lugar; era evidente que ella tenía relaciones con el Jefe, era no menos evidente que eso lastimaba bastante mi amor propio; pero (fíjense qué buen pero) era la mujer más encantadora que yo había conocido y arriesgaba perderla definitivamente (ahora que el azar la había puesto en mi oído) si yo me atenía desmedidamente a mis escrúpulos.

Además, cabía otra posibilidad. Así como yo había reconocido su voz, ¿por qué no podría Doris reconocer la mía? Cierto que ella había sido siempre para mí algo precioso, inalcanzable, y yo, en cambio, solo ahora ingresaba en su mundo. Sin embargo, cuando una mañana corrí a su encuentro con un alegre «¿Qué tal, secretaria?», aunque ella en seguida asimiló el golpe, se rio, me dio el brazo y me hizo bromas con una morocha[6] de un jeep que nos cruzamos, a mí no se me escapó que había quedado inquieta, como si alguna sospecha la hubiese iluminado. Después, en cambio, me pareció que aceptaba con filosofía la posibilidad de que fuese yo quien atendía sus llamadas al Jefe. Y esa seguridad que ahora reflejaban sus conversaciones, sus inolvidables mi-

Jeep: Automóvil muy resistente, apto para terrenos abruptos.

[6] Americanismo con el que se alude a la mujer de cabellos morenos y tez blanca.

radas de comprensión y de promesa, me dieron finalmente otra esperanza. Estaba claro que ella apreciaba que yo no le hablase del Jefe; y, aunque esto otro no estaba tan claro, era probable que ella recompensase mi delicadeza rompiendo a corto plazo con él. Siempre supe mirar en la mirada ajena, y la de Doris era particularmente sincera.

Volví al trabajo. Día por medio cumplí otra vez mis guardias matutinas, junto al teléfono. La familia Iriarte no llamó más.

Casi todos los días me encontraba con Doris a la salida de su empleo. Ella trabajaba en el Poder Judicial, tenía buen sueldo, era la funcionaria clave de su oficina y todos la apreciaban.

Doris no me ocultaba nada. Su vida actual era desmedidamente honesta y transparente. Pero ¿y el pasado? En el fondo a mí me bastaba con que no me engañase. Su aventura —o lo que fuera— con el Jefe, no iba por cierto a infectar mi ración de felicidad. La familia Iriarte no había llamado más. ¿Qué otra cosa podía pretender? Yo era preferido al Jefe y pronto este pasaría a ser en la vida de Doris ese mal recuerdo que toda muchacha debe tener.

Yo le había advertido a Doris que no me telefoneara a la oficina. No sé qué pretexto encontré. Francamente, yo no quería arriesgarme a que Elizalde o Rossi o Correa atendieran su llamada, reconocieran su voz y fabricaran a continuación una de esas interpretaciones ambiguas a que eran tan afectos. Lo cierto es que ella, siempre amable y sin rencor, no puso objeciones. A mí me gustaba que fuese tan comprensiva en todo lo referente a ese tema tabú, y verdaderamente le agradecía que nunca me hubiera obligado a entrar en explicaciones tristes, en esas palabras de mala fama que todo lo ensucian, que destruyen toda buena intención.

Afecto (adj.): Aficionado, propenso a algo.

Tema tabú: Tema prohibido.

Me llevó a su casa y conocí a su madre. Era una buena y cansada mujer. Hacía doce años que había perdido a su marido y aún no se había repuesto. Nos miraba a Doris y a mí con mansa complacencia, pero a veces se le llenaban los ojos de lágrimas, tal vez al recordar algún lejano pormenor de su noviazgo con el señor Freire. Tres veces por semana yo me quedaba hasta las once, pero a las diez ella discretamente decía buenas noches y se retiraba, de modo que a Doris y a mí nos quedaba una hora para besarnos a gusto, hablar del futuro, calcular el precio de las sábanas y las habitaciones que precisaríamos exactamente igual que otras cien mil parejas, diseminadas en el territorio de la República, que a esa misma hora intercambiarían parecidos proyectos y mimos. Nunca la madre hizo referencia al Jefe ni a nadie relacionado sentimentalmente con Doris. Siempre me dispensó el tratamiento que todo hogar honorable reserva al primer novio de la nena. Y yo dejaba hacer.

Pormenor: Detalle.

A veces no podía evitar cierta sórdida complacencia en saber que había conseguido (para mi uso, para mi deleite) una de esas mujeres inalcanzables que solo gastan los ministros, los hombres públicos, los funcionarios de importancia. Yo: un auxiliar de secretaría.

Sórdida: Impura, indecente.

Doris, justo es consignarlo, estaba cada noche más encantadora. Conmigo no escatimaba su ternura; tenía un modo de acariciarme la nuca, de besarme el pescuezo, de susurrarme pequeñas delicias mientras me besaba, que, francamente, yo salía de allí mareado de felicidad, y, por qué no decirlo, de deseo. Luego, solo y desvelado en mi pieza de soltero, me amargaba un poco pensando que esa refinada pericia probaba que alguien había atendido cuidadosamente su noviciado. Después de todo, ¿era una ventaja o una desventaja?, yo no podía evitar acordarme del Jefe, tan tieso, tan respetable, tan incrustado en su respetabilidad, y no lograba imaginarlo como ese envidiable instructor. ¿Había otros, pues? Pero ¿cuántos? Especialmente, ¿cuál de ellos le había enseñado a besar así? Siempre terminaba por recordarme a mí mismo que estábamos en mil novecientos cuarenta y seis y no en la Edad Media, que ahora era

Consignar: Ofrecer algún dato, ponerlo por escrito.

Pieza: Habitación.

Pericia: Habilidad.

Noviciado: Aprendizaje de una facultad o actividad.

yo quien importaba para ella, y me dormía abrazado a la almohada como en un vasto anticipo y débil sucedáneo de otros abrazos que figuraban en mi programa.

Vasto: Amplio.

Sucedáneo: Imitación.

Hasta el veintitrés de noviembre tuve la sensación de que me deslizaba irremediable y graciosamente hacia el matrimonio. Era un hecho. Faltaba que consiguiéramos un apartamento como a mí me gustaba, con aire, luz y amplios ventanales. Habíamos salido varios domingos en busca de ese ideal, pero cuando hallábamos algo que se le aproximaba, era demasiado caro o sin buena locomoción o el barrio le parecía a Doris apartado y triste.

Locomoción: Conexión con medios de transporte.

En la mañana del veintitrés de noviembre yo cumplía mi guardia. Hacía cuatro días que el Jefe no aparecía por el despacho; de modo que me hallaba solo y tranquilo leyendo una revista y fumando mi rubio. De pronto sentí que, a mis espaldas, una puerta se abría. Perezosamente me di vuelta y alcancé a ver, asomada e interrogante, la adorada cabecita de Doris. Entró con cierto airecito culpable porque —según dijo— pensó que yo fuese a enojarme. El motivo de su presencia en la Oficina era que al fin había encontrado un apartamento con la disposición y el alquiler que buscábamos. Había hecho un esmerado planito[7] y lo mostraba satisfecha. Estaba primorosa con su vestido liviano y aquel ancho cinturón que le marcaba mejor que ningún otro la cintura. Como estábamos solos se sentó sobre mi escritorio, cruzó las piernas y empezó a preguntarme cuál era el sitio de Rossi, cuál el de Correa, cuál el de Elizalde. No conocía personalmente a ninguno de ellos, pero estaba enterada de sus rasgos y anécdotas a través de mis versiones caricaturescas. Ella había empezado a fumar uno de mis rubios y yo tenía su mano entre las mías, cuando sonó el teléfono. Levanté el tubo y dije: «Hola». Entonces el teléfono dijo: «¿Qué tal, secretario?» y aparentemente todo siguió igual. Pero en los se-

Rubio: Cigarrillo de tabaco rubio.

Tubo: Auricular del teléfono.

[7] Nótese la sucesión de diminutivos (cabecita, airecito, planito), que sugieren irónicamente el lenguaje empalagoso y un tanto ridículo de ciertos enamorados.

gundos que duró la llamada y mientras yo, solo a medias repuesto, interrogaba maquinalmente; «¿Qué es de su vida después de tanto tiempo?» y el teléfono respondía: «Estuve de viaje por Chile», verdaderamente nada seguía igual. Como en los últimos instantes de un ahogado, desfilaban por mi cabeza varias ideas sin orden ni equilibrio. La primera de estas: «Así que el Jefe no tuvo nada que ver con ella», representaba la dignidad triunfante. La segunda era, más o menos: «Pero entonces Doris...» y la tercera, textualmente: «¿Cómo pude confundir esta voz?».

Le expliqué al teléfono que el Jefe no estaba, dije adiós, puse el tubo en su sitio. Su mano seguía en mi mano. Entonces levanté los ojos y sabía lo que iba a encontrar. Sentada sobre mi escritorio, fumando como cualquier pituca, Doris esperaba y sonreía, todavía pendiente del ridículo plano. Era, naturalmente, una sonrisa vacía y superficial, igual a la de todo el mundo; y con ella amenazaba aburrirme de aquí a la eternidad. Después yo trataría de hallar la verdadera explicación, pero mientras tanto, en la capa más insospechable de mi conciencia, puse punto final a este malentendido. Porque, en realidad, yo estoy enamorado de la familia Iriarte.

(De *Cuentos,* 1982)

EL AHOGADO MÁS HERMOSO DEL MUNDO

Gabriel García Márquez

Los primeros niños que vieron el promontorio oscuro y sigiloso que se acercaba por el mar, se hicieron la ilusión de que era un barco enemigo. Después vieron que no llevaba banderas ni arboladura, y pensaron que fuera una ballena. Pero cuando quedó varado en la playa le quitaron los matorrales de sargazos, los filamentos de medusas y los restos de cardúmenes y naufragios que llevaba encima, y solo entonces descubrieron que era un ahogado.

Arboladura: Conjunto de palos de un barco.

Sargazos: Algas marinas.

Cardúmenes: Bancos de peces.

Habían jugado con él toda la tarde, enterrándolo y desenterrándolo en la arena, cuando alguien los vio por casualidad y dio la voz de alarma en el pueblo. Los hombres que lo cargaron hasta la casa más próxima notaron que pesaba más que todos los muertos conocidos, casi tanto como un caballo, y se dijeron que tal vez había estado demasiado tiempo a la deriva y el agua se le había metido dentro de los huesos. Cuando lo tendieron en el suelo vieron que había sido mucho más grande que todos los hombres, pues apenas si cabía en la casa, pero pensaron que tal vez la facultad de seguir creciendo después de la muerte estaba en la naturaleza de ciertos ahogados. Tenía el olor del mar, y solo la forma permitía suponer que era el cadáver de un ser humano, porque su piel estaba revestida de una coraza de rémora y de lodo.

Rémora: Pez marino que se adhiere a los objetos flotantes.

No tuvieron que limpiarle la cara para saber que era un muerto ajeno. El pueblo tenía apenas unas veinte casas de tablas, con patios de piedras sin flores, desperdigadas en el extremo de un cabo desértico. La tierra era tan escasa, que las madres andaban siempre con el temor de que el viento se llevara a los niños, y a los pocos muertos que les iban causando los años tenían que tirarlos en los acantilados. Pero el mar era manso y pródigo, y todos los hombres cabían en siete botes. Así que cuando encontraron el ahogado les bastó con mirarse los unos a los otros para darse cuenta de que estaban completos.

Pródigo: Generoso.

Aquella noche no salieron a trabajar en el mar. Mientras los hombres averiguaban si no faltaba alguien en los pueblos vecinos, las mujeres se quedaron cuidando al ahogado. Le quitaron el lodo con tapones de esparto, le desenredaron del cabello los abrojos submarinos y le rasparon la rémora con fierros de desescamar pescados. A medida que lo hacían, notaron que su vegetación era de océanos remotos y de aguas profundas, y que sus ropas estaban en piltrafas, como si hubiera navegado por entre laberintos de corales. Notaron también que sobrellevaba la muerte con altivez, pues no tenía el semblante solitario de los otros ahogados del mar, ni tampoco la catadura sórdida y menesterosa de los ahogados fluviales. Pero solamente cuando acabaron de limpiarlo tuvieron conciencia de la clase de hombre que era, y entonces se quedaron sin aliento. No solo era el más alto, el más fuerte, el más viril y el mejor armado que habían visto jamás, sino que todavía cuando lo estaban viendo no les cabía en la imaginación.

Abrojo: Planta rastrera y espinosa.

Fierros: Hierros.

Catadura: Semblante, aspecto.

Sórdida: Indecente.

Menesterosa: Necesitada, pobre.

No encontraron en el pueblo una cama bastante grande para tenderlo ni una mesa bastante sólida para velarlo. No le vinieron los pantalones de fiesta de los hombres más altos, ni las camisas dominicales de los más corpulentos, ni los zapatos del mejor plantado. Fascinadas por su desproporción y su hermosura, las mujeres decidieron entonces hacerle unos pantalones con un buen pedazo de vela cangreja, y una camisa de bra-

Velar: Acompañar a un difunto durante la noche.

Cangreja: Vela con forma trapezoidal.

mante de novia, para que pudiera continuar su muerte con dignidad. Mientras cosían sentadas en círculo, contemplando el cadáver entre puntada y puntada, les parecía que el viento no había sido nunca tan tenaz ni el Caribe había estado nunca tan ansioso[1] como aquella noche, y suponían que esos cambios tenían algo que ver con el muerto. Pensaban que si aquel hombre magnífico hubiera vivido en el pueblo, su casa habría tenido las puertas más anchas, el techo más alto y el piso más firme, y el bastidor de su cama habría sido de cuadernas maestras con pernos de hierro, y su mujer habría sido la más feliz. Pensaban que habría tenido tanta autoridad que hubiera sacado los peces del mar con solo llamarlos por sus nombres, y habría puesto tanto empeño en el trabajo que hubiera hecho brotar manantiales de entre las piedras más áridas y hubiera podido sembrar flores en los acantilados[2]. Lo compararon en secreto con sus propios hombres, pensando que no serían capaces de hacer en toda una vida lo que aquel era capaz de hacer en una noche, y terminaron por repudiarlos en el fondo de sus corazones como los seres más escuálidos y mezquinos de la tierra. Andaban extraviadas por estos dédalos de fantasía, cuando la más vieja de las mujeres, que por ser la más vieja había contemplado al ahogado con menos pasión que compasión, suspiró:

—Tiene cara de llamarse Esteban.

Era verdad. A la mayoría le bastó con mirarlo otra vez para comprender que no podía tener otro nombre. Las más porfiadas, que eran las más jóvenes, se mantuvieron con la ilusión de que al ponerle la ropa, ten-

Bramante: Hilo grueso de cáñamo.

Bastidor: Armazón de la cama.

Cuaderna: Cada una de las planchas de madera del casco de un buque.

Perno: Especie de tornillo metálico.

Escuálido: Flaco, debilucho.

Dédalo: Laberinto.

Porfiada: Terca.

[1] Nótese cómo la presencia del ahogado influye incluso en las fuerzas de la naturaleza, que, como ocurre con el *viento,* se contagian de la excitación de las mujeres (personificación). Por otro lado, como la mayor parte de la obra de García Márquez, este cuento está ambientado en la costa del *Caribe* de Colombia, una región transitada por gentes de muy diversa condición y procedencia.

[2] Las hipérboles son frecuentes a lo largo del relato, dadas las características casi sobrenaturales del ahogado.

dido entre flores y con unos zapatos de charol, pudiera llamarse Lautaro[3]. Pero fue una ilusión vana. El lienzo resultó escaso, los pantalones mal cortados y peor cosidos le quedaron estrechos, y las fuerzas ocultas de su corazón hacían saltar los botones de la camisa. Después de la medianoche se adelgazaron los silbidos del viento y el mar cayó en el sopor del miércoles. El silencio acabó con las últimas dudas: era Esteban. Las mujeres que lo habían vestido, las que lo habían peinado, las que le habían cortado las uñas y raspado la barba no pudieron reprimir un estremecimiento de compasión cuando tuvieron que resignarse a dejarlo tirado por los suelos. Fue entonces cuando comprendieron cuánto debió haber sido de infeliz con aquel cuerpo descomunal, si hasta después de muerto le estorbaba. Lo vieron condenado en vida a pasar de medio lado por las puertas, a descalabrarse con los travesaños, a permanecer de pie en las visitas sin saber qué hacer con sus tiernas y rosadas manos de buey de mar, mientras la dueña de la casa buscaba la silla más resistente y le suplicaba muerta de miedo siéntese aquí, Esteban, hágame el favor, y él recostado contra las paredes, sonriendo, no se preocupe, señora, así estoy bien, con los talones en carne viva y las espaldas escaldadas de tanto repetir lo mismo en todas las visitas, no se preocupe, señora, así estoy bien, solo para no pasar por la vergüenza de desbaratar la silla, y acaso sin haber sabido nunca que quienes le decían no te vayas, Esteban, espérate siquiera hasta que hierva el café, eran los mismos que después susurraban ya se fue el bobo grande, qué bueno, ya se fue el tonto hermoso. Esto pensaban las mujeres frente al cadáver un poco antes del amanecer. Más tarde, cuando le taparon la cara con un pañuelo para que no le molestara la luz, lo vieron

Travesaño: Pieza que atraviesa de una parte a otra.

Buey de mar: Crustáceo marino provisto de robustas pinzas.

Desbaratar: Deshacer.

[3] Posiblemente el nombre de Lautaro, muy común en Hispanoamérica, acude a la imaginación de las mujeres por sus resonancias míticas. Lautaro se llamó uno de los caudillos araucanos (antiguo pueblo de Chile) que se enfrentó heroicamente a los conquistadores españoles.

tan muerto para siempre, tan indefenso, tan parecido a sus hombres, que se les abrieron las primeras grietas de lágrimas en el corazón. Fue una de las más jóvenes la que empezó a sollozar. Las otras, alentándose entre sí, pasaron de los suspiros a los lamentos, y mientras más sollozaban más deseos sentían de llorar, porque el ahogado se les iba volviendo cada vez más Esteban, hasta que lo lloraron tanto que fue el hombre más desvalido de la tierra, el más manso y el más servicial, el pobre Esteban. Así que cuando los hombres volvieron con la noticia de que el ahogado no era tampoco de los pueblos vecinos, ellas sintieron un vacío de júbilo entre las lágrimas.

—¡Bendito sea Dios —suspiraron—: es nuestro!

Los hombres creyeron que aquellos aspavientos no eran más que frivolidades de mujer. Cansados de las tortuosas averiguaciones de la noche, lo único que querían era quitarse de una vez el estorbo del intruso antes de que prendiera el sol bravo de aquel día árido y sin viento. Improvisaron unas angarillas con restos de trinquetes y botavaras, y las amarraron con carlingas de altura, para que resistieran el peso del cuerpo hasta los acantilados. Quisieron encadenarle a los tobillos un ancla de buque mercante para que fondeara sin tropiezos en los mares más profundos donde los peces son ciegos y los buzos se mueren de nostalgia, de manera que las malas corrientes no fueran a devolverlo a la orilla, como había sucedido con otros cuerpos. Pero mientras más se apresuraban, más cosas se les ocurrían a las mujeres para perder el tiempo. Andaban como gallinas asustadas picoteando amuletos de mar en los arcones, unas estorbando aquí porque querían ponerle al ahogado los escapularios del buen viento, otras estorbando allá para abrocharle una pulsera de orientación, y al cabo de tanto quítate de ahí, mujer, ponte donde no estorbes, mira que casi me haces caer sobre el difunto, a los hombres se les subieron al hígado las suspicacias y empezaron a rezongar que con qué objeto tanta ferre-

Aspaviento: Demostración exagerada de un sentimiento.

Frivolidad: Cosa ligera e insustancial.

Tortuoso: Con muchas vueltas y rodeos.

Angarillas: Camilla compuesta de dos varas y una tabla en medio.

Trinquete: Verga mayor que se cruza sobre el palo de proa.

Botavara: Palo de popa.

Carlinga: Hueco donde se encaja un palo de barco.

Fondear: Fijar un barco mediante un ancla.

Escapulario: Colgante de carácter devoto.

Rezongar: Gruñir, refunfuñar.

Estoperol: Tachuela grande que sirve de adorno.

Caldereta: Vasija para el agua bendita.

Tripotar: Llevar de un lado para otro.

Reliquia: Objeto con significado religioso.

De pacotilla: Sin valor.

Al garete: A la deriva, sin dirección.

Indolencia: Pereza.

Gringo: Extranjero, especialmente anglosajón.

Guacamaya: Ave americana parecida al papagayo.

Arcabuz: Arma de fuego antigua.

Sábalo: Pez marino.

Rocallosa: Similar a las rocas.

Áncora: Ancla.

Galeón: Barco de vela grande.

Trastabillar: Tropezar.

tería de altar mayor para un forastero, si por muchos estoperoles y calderetas que llevara encima se lo iban a masticar los tiburones, pero ellas seguían tripotando sus reliquias de pacotilla, llevando y trayendo, tropezando, mientras se les iba en suspiros lo que no se les iba en lágrimas, así que los hombres terminaron por despotricar que de cuándo acá semejante alboroto por un muerto al garete, un ahogado de nadie, un fiambre de mierda. Una de las mujeres, mortificada por tanta indolencia, le quitó entonces al cadáver el pañuelo de la cara, y también los hombres se quedaron sin aliento.

Era Esteban. No hubo que repetirlo para que lo reconocieran. Si les hubieran dicho Sir Walter Raleigh[4], quizás hasta ellos se habrían impresionado con su acento de gringo, con su guacamaya en el hombro, con su arcabuz de matar caníbales, pero Esteban solamente podía ser uno en el mundo, y allí estaba tirado como un sábalo, sin botines, con unos pantalones de sietemesino[5] y esas uñas rocallosas que solo podían cortarse a cuchillo. Bastó con que le quitaran el pañuelo de la cara para darse cuenta de que estaba avergonzado, de que no tenía la culpa de ser tan grande, ni tan pesado, ni tan hermoso, y si hubiera sabido que aquello iba a suceder habría buscado un lugar más discreto para ahogarse, en serio, me hubiera amarrado yo mismo un áncora de galeón en el cuello y hubiera trastabillado como quien no quiere la cosa por los acantilados, para no andar ahora estorbando con este muerto de miércoles[6], como ustedes dicen, para no molestar a nadie con esta porquería de fiambre que no tiene nada que ver conmigo. Había tanta verdad en su modo de estar, que

[4] Sir Walter Raleigh (1554-1618) fue un importante aventurero y escritor inglés de la corte de Isabel I. Realizó exploraciones en diversos lugares de América y participó en la búsqueda de El Dorado, la legendaria ciudad de oro.

[5] Esto es: en el cuerpo desmesurado de Esteban los pantalones colocados por las mujeres parecían de sietemesino (es proverbial la pequeñez de los niños nacidos en el séptimo mes de gestación).

[6] Nótese el eufemismo, que denota la bondad y buena educación de Esteban.

hasta los hombres más suspicaces, los que sentían amargas las minuciosas noches del mar temiendo que sus mujeres se cansaran de soñar con ellos para soñar con los ahogados, hasta esos, y otros más duros, se estremecieron en los tuétanos con la sinceridad de Esteban.

En los tuétanos: En lo más profundo.

Expósito: Recién nacido abandonado.

Fue así como le hicieron los funerales más espléndidos que podían concebirse para un ahogado expósito. Algunas mujeres que habían ido a buscar flores en los pueblos vecinos regresaron con otras que no creían lo que les contaban, y éstas se fueron por más flores cuando vieron al muerto, y llevaron más y más, hasta que hubo tantas flores y tanta gente que apenas si se podía caminar. A última hora les dolió devolverlo huérfano a las aguas, y le eligieron un padre y una madre entre los mejores, y otros se le hicieron hermanos, tíos y primos, así que a través de él todos los habitantes del pueblo terminaron por ser parientes entre sí. Algunos marineros que oyeron el llanto a la distancia perdieron la certeza del rumbo y se supo de uno que se hizo amarrar al palo mayor, recordando antiguas fábulas de sirenas[7]. Mientras se disputaban el privilegio de llevarlo en hombros por la pendiente escarpada de los acantilados, hombres y mujeres tuvieron conciencia por primera vez de la desolación de sus calles, la aridez de sus patios, la estrechez de sus sueños, frente al esplendor y la hermosura de su ahogado. Lo soltaron sin ancla, para que volviera si quería, y cuando lo quisiera, y todos retuvieron el aliento durante la fracción de siglos que demoró la caída del cuerpo hasta el abismo. No tuvieron necesidad de mirarse los unos a los otros para darse cuenta de que ya no estaban completos, ni volverían a estarlo jamás. Pero también sabían que todo sería diferente desde entonces, que sus casas iban a tener las puertas más anchas, los techos

[7] Alusión al famoso episodio de la *Odisea*, antigua epopeya griega de Homero, en el que Odiseo se hace amarrar al mástil de su embarcación para poder oír el canto de las sirenas sin caer bajo su embrujo.

más altos, los pisos más firmes, para que el recuerdo de Esteban pudiera andar por todas partes sin tropezar con los travesaños, y que nadie se atreviera a susurrar en el futuro ya murió el bobo grande, qué lástima, ya murió el tonto hermoso, porque ellos iban a pintar las fachadas de colores alegres para eternizar la memoria de Esteban y se iban a romper el espinazo excavando manantiales en las piedras y sembrando flores en los acantilados, para que en los amaneceres de los años venturos los pasajeros de los grandes barcos despertaran sofocados por un olor de jardines en alta mar, y el capitán tuviera que bajar de su alcázar con su uniforme de gala, con su astrolabio, su estrella polar y su ristra de medallas de guerra, y señalando el promontorio de rosas en el horizonte del Caribe dijera en catorce idiomas, miren allá, donde el viento es tan manso que se queda a dormir debajo de las camas, allá donde el sol brilla tanto que no saben hacia dónde girar los girasoles, sí, allá, es el pueblo de Esteban.

Piso: Suelo.

Venturo: Venidero.

Alcázar: Parte de la cubierta de un buque.

Astrolabio: Instrumento para determinar la posición de la nave.

(De *La increíble y triste historia de la cándida Eréndida y de su abuela desalmada,* 1972)

FELIZ VIAJE, HERMANO ANTONIO

Alfredo Bryce Echenique

Mucho faltaba para que cerraran el zoológico y, en sus jaulas, los animales se portaban como si les quedaran todavía varias horas de oficina. Comían, a ratos, daban una que otra vuelta por ahí adentro, se sentaban, se incorporaban, rezongaban, se portaban bien con un niño y con su ama, comían lo que les daban, bebían agua con mucha gracia y metían un ruido atronador y hasta peligroso o amenazante cuando eran feroces. Pero, en fin, se dejaban ver por todo el mundo y actuaban de acuerdo al manual de zoología (aquel de segundo de media[1]). Ya Susana y Pablo habían visto al león y al elefante y ahora estaban parados frente a la jirafa y la muchacha se había enternecido, se había cogido del brazo de Pablo y le estaba diciendo, entre besos en el cuello, «qué linda, con su cuello tan largo, qué linda y qué...».

Rezongar: Protestar gruñendo.

...El hermano Antonio tenía pescuezo de jirafa y colmillos de elefante. Y andaba por los dos metros largos y nadie ahí en el colegio lograba precisar si, además de gigantesco y como mal empaquetado, era o no un hombre muy flaco también. La cabeza la tenía muy chica, eso sí, y el pescuezo larguísimo empeoraba las cosas porque visto en su conjunto, con esos hombros enclenques y tan caídos, hacía que allá encima de todo ahora sí que la cabeza le resultara ya francamente enana. Des-

[1] Se refiere a la Enseñana Media o Secundaria. Este dato sitúa la edad del personaje y explica en gran medida sus sentimientos y actitudes.

Angosto: Estrecho.

Adiposo: Cargado de grasa.

pués como que iba engordando desde los hombros muy angostos hasta convertirse en caderón y como adiposo, y por ambos lados del cuerpo los brazos más largos y flacos del mundo continuaban su rumbo mucho más debajo de la cintura, en franca competencia con unas piernas que eran todo lo contrario del torso porque arrancaban gordas por los muslos y a los pies llegaban ya listas para albergar unos zapatitos de vergüenza.

Protuberar: Sobresalir.

La verdad, el hermano Antonio parecía un jirafón con colmillos de elefante, aunque en todo este asunto maxilofacial ni el profesor de anatomía pudo aclarar qué le protuberaba más al pobre hermano: tal vez todo, tal vez juntos los maxilares y la mandíbula y los nervios desesperados con que apretaba los dientes cuando estaba loco. Porque se volvía loco el hermano Antonio y el cuello se le alargaba más y entonces le enseñaba a la clase sus colmillos de elefante tenso, muy muy tenso. Ramírez, de la sección B, contó. Dijo que Flores estaba metiendo vicio y que le había roto la boca de un puñetazo. Primero lo ahorcó durante un rato. Era una bestia. Estaba loco el hermano Antonio. Todos decían que sí y Ramírez contaba. Todos decían que a López una vez le sacó la mugre. Otra vez hizo llorar de cincuenta bofetadas al matón, a ese. Y en abril a Rodríguez, recién empezadas las clases, alargó el cuello, todos vimos por primera vez sus colmillos, apretó las manos, siempre las apretaba y se moría de nervios, se abrochó el saco, siempre se lo abotonaba antes, muy cuidadosamente, a Rodríguez. Y Rodríguez lloraba, hizo llorar a Rodríguez. Ramírez contó.

Sacar la mugre: Propinar una paliza (coloquialismo americano).

Dijo que ese no tenía vocación religiosa. Su madre se había fugado con otro hombre. Debió ponerse muy mal, escuchó Pablo, porque su madre era una puta. Por eso había enloquecido y se había hecho religioso sin vocación, antes seguro no tenía así el cuello ni los colmillos. Pero Rodríguez contradijo. Contó que su padre también era loco, que por eso él era así y lo de las leyes de la herencia que ellos no entendieron muy bien porque tenían diez, once años y porque sonó el timbre llamándolos como siempre a clase. Solo que ahora fueron con más miedo que nunca y le miraban constantemente las manos mientras escribía en la pizarra...

Siempre en el zoológico, Susana y Pablo continuaban parados frente a la jaula de la jirafa. Ella le besaba el cuello una y otra vez y él no apartaba la mirada del animal.

...Un día, o ese día, el hermano Antonio rompió la tiza entre los dedos mientras escribía en la pizarra.

Era un lío eso de quedarse en el colegio hasta que su hermano mayor viniera a recogerlo. Su hermano venía cada día más tarde; venía al oscurecer y si no hubiera sido por la pelota esa de básquet que le prestaban los de tercero, Pablo, completamente solo, se hubiera aburrido a morir. En cambio ahora podía matar el tiempo tratando de encestar miles de veces, desde todos los ángulos, al mismo aro, en el mismo tablero. Y así pasaba las tardes, hasta casi las siete, ya a oscuras, cuando por fin llegaba su hermano, siempre de la manita de la misma muchacha.

Básquet: Baloncesto (anglicismo).

Y mientras él se entretenía lanzando, encestando o no, recogiendo la pelota, los curas tomaban té y luego iban a la capilla a rezar. Pablo escuchaba sus oraciones y sus cantos. Terminaban a eso de las seis y entonces, tal vez, se iban a sus dormitorios a rezar más o a estudiar. Lo cierto es que desaparecían. Parece que a esa hora no podían salir.

Pablo estaba lanzando y recogiendo la pelota cuando apareció con otra igualita. La tenía agarrada con una sola mano, enorme. No estaba vestido de negro. Llevaba camisa blanca de manga corta y pantalón celeste, viejo y sucio. Sí tenía cuello de jirafa y además era realmente caderón y tenía los hombros en bajada, muy caídos y demasiado estrechos para ese cuerpo inmenso. Pablo estaba paralizado, esperaba una cólera feroz, pero el hermano Antonio lanzó un gemido, arrancó a correr, lanzó desde unos mil metros de distancia y encestó limpiecito. Recogió su pelota, volteó, ya con los colmillos

Voltear: Dar la vuelta.

enormes, y avanzó en dirección de Pablo, que ya no podía más de miedo. «Esto me hace bien —le dijo—, y voy a jugar todas las tardes». A Pablo le pareció extraño porque en la capilla los demás curas estaban cantando.

Empellón: Empujón.

Poco a poco se fue acostumbrando. Corría demasiado rápido y él temía que lo matara de un empellón, pero hasta le fue perdiendo el miedo. Era cierto que, a medida que lanzaba más y más al cesto, los colmillos le crecían también más y más. Y emitía como siempre gemidos, unos soniditos como quejidos, pero tenía los dientes tan blancos, sonrisa de bebé, y cómo se mordía los labios y las uñas. Y cuando Pablo se iba, él también se iba, sin saludar a su hermano ni darse por enterado de la existencia de la chica que venía con él. Simplemente recogía su pelota y la de Pablo y las embocaba en la ventana de tercero de primaria, allá arriba, en el cuarto piso. Pablo temía que en una de esas rompiera un vidrio y además estaba terminantemente prohibido lanzar y guardar las pelotas así.

Embocar: Colar algo por una abertura.

Le enseñó a lanzar desde todas las distancias y en todas las posiciones. Le enseñó a coger la pelota como un profesional y le decía que lo estaba preparando para que formara parte del equipo del colegio cuando fuera más grande. A veces realmente se divertían porque Pablo ya le había perdido el miedo completamente, se había acostumbrado a sus sonidos, y lograban encestar desde ángulos dificilísimos. Y ni cuenta se daba Pablo de que temblaba íntegro cuando se reía o es que ya sabía que se reía con toda el alma y gozaba cuando él trataba de igualarlo en puntos, un lanzamiento cada uno, a veces casi lo alcanzaba. El hermano Antonio traía siempre una tiza en el bolsillo y anotaba cada punto nuevo en el suelo. Una tarde otro hermano salió de la capilla y cruzó la cancha delante de ellos. El hermano Antonio no lo saludó, ni siquiera lo miró, pero Pablo notó que ya ese día no se rio más. Y fue la única vez que logró superarlo en el puntaje...

Puntaje: Puntuación.

Susana lo estaba jalando del brazo. Pablo debió darse cuenta al tercer tirón.

Jalar: Dar tirones.

—¿Qué te pasa? —le dijo—, estás en las nubes. ¿Por qué no me contestas?

—Estaba distraído.

—Bueno, ¿quieres ir a ver los tigres o no?

—Sí, amor, sí.

—Has estado horas con los ojos clavados en la jirafa y todavía sigues igualito. Pareces tonto.

—No, amor, no es eso.

—¿Pero qué te pasa, entonces?

—Estaba pensando en un cura del colegio, hace mil años. Parecía una jirafa con colmillos de elefante.

—Debe haber sido un tipo horrible, entonces.

—Todos decían que estaba loco y contaban miles de historias sobre él. Me gustaría saber si alguna era verdad. Lo único que me consta es que cuando se molestaba con alguien le pegaba como un loco.

—¿A ti te pegó alguna vez?

—En eso precisamente estaba pensando. Seguía una especie de ritual cada vez que iba a pegarle a alguien; se abrochaba muy cuidadosamente el saco, se mordía los labios, estiraba al máximo el pescuezo, mostraba los colmillos y se lanzaba como una tromba a romperte el alma. Una vez yo eructé en clase; te juro que fue queriendo y sin querer. Quería eructar por los demás alumnos pero no por él...

—¿Y qué te hizo?

—A eso iba... Porque no me hizo nada. En esos días el hermano Antonio se iba a no sé dónde y ya te puedes imaginar la cantidad de historias que se inventaron sobre su viaje: que se lo llevaban a un manicomio, que lo habían expulsado, en fin, ya ni me acuerdo porque es la edad en que se inventan millones de historias... Yo jugaba básquet[2] con él, pero bueno, esa es otra historia.

[2] «*Jugar* básquet» es un calco sintáctico del francés «*Jouer* basket». La construcción normativa en español exige la preposición «a»: «*Jugar al* básquet».

Lo cierto es que sentí que me iba a matar: Abotonó su saco, rechinó los dientes, apretó las manos, se mordió bárbaramente los labios, estiró el pescuezo como esta jirafa, mostró como nunca los colmillos, en fin, todo el ritual, pero se quedó estático. Y solo emitió un gemido, como cuando lanzó su pelota la primera vez que apareció en la cancha y me encontró jugando...

—¿Su pelota?

—Una que sacaba él cada tarde aunque yo tuviese otra... Pero bueno, no me tocó y ya después, no sé, como que nunca tuvimos oportunidad de hablar... Recuerdo clarito el día que se fue: Estaba parado en uno de los corredores, cerca de la dirección del colegio y nadie se acercó a despedirse. Yo quise que Ramírez, uno que siempre paraba conmigo, me acompañara para decirle algo. Pero Ramírez no quiso y tuve que vencer el miedo y me acerqué solo pero no me salió nada, solo le dije alguna tontería sobre los viajes, lo que se dice siempre...

Parar con alguien: Acompañar a alguien, relacionarse amistosamente.

—Bueno, vamos ya, Pablo. Quiero ver los tigres y se hace tarde.

Por un instante Pablo se aferró a la reja, miró a la jirafa enjaulada y sabe Dios cómo lo asoció todo con un largo encierro, con un manicomio. «Feliz viaje, hermano Antonio», murmuró, y siguió a Susana que lo estaba llevando de la mano hacia donde estaban los tigres.

(De *Cuentos completos,* 1995)

Orientaciones para el estudio de la obra

PROPUESTA DE ACTIVIDADES

A continuación presentamos una nutrida propuesta de actividades sobre todos y cada uno de los relatos de esta selección. Se trata de ejercicios que van desde la simple comprobación de lectura hasta la creación de pequeños ensayos o de relatos originales, pasando por el análisis de aspectos formales y temáticos. Queda a criterio del profesor la selección de las actividades, cuyo número seguramente excede las disponibilidades de tiempo e intereses. Pero siempre será mejor poder elegir entre diferentes actividades aquellas que más convengan en cada caso.

Finalmente se ofrece un apartado de actividades globales. Con ellas pretendemos iniciar a los alumnos en las técnicas de comparación literaria, así como poner de manifiesto los rasgos compartidos por autores cercanos en el tiempo y vinculados por referentes históricos, culturales y estéticos comunes. Cierra el volumen un glosario de las figuras literarias anotadas en los distintos relatos.

I. CONTROL DE LECTURA Y ANÁLISIS DE LOS CUENTOS

Horacio Quiroga

La insolación

Con un lenguaje evocador Quiroga plantea el conflicto entre hombre y naturaleza, tamizado por la mirada sabia de los animales.

❑ Resume el argumento del relato. ¿Cuál es su tema principal?

Actividades de control de lectura y análisis

Esta es una narración de contrastes: realismo y elementos fantásticos, narración y descripción.

❑ ¿Crees que predomina alguna de estas facetas o crees que hay un equilibrio entre ellas? Razona tu respuesta.

❑ ¿Cómo se presenta en el cuento la relación entre el hombre y la naturaleza? Confecciona un pequeño vocabulario con el léxico referido a la naturaleza y las labores del campo.

Observa cómo el punto de vista predominante es el de los perros.

❑ ¿Qué sentido crees que tiene este recurso?

❑ Busca información sobre la biografía de Horacio Quiroga y señala qué puntos de conexión encuentras entre la vida del autor y el cuento del mismo que has leído.

JORGE LUIS BORGES

Leer a Borges es adentrarse en un universo paradójico y atemporal donde cada elemento alcanza categoría de símbolo. Fíjate cómo, aunque abordan temas trascendentales, sus narraciones están configuradas como estimulantes intrigas.

El espejo y la máscara

❑ Sintetiza en pocas líneas el contenido de este relato y señala las partes que se pueden distinguir en él.

❑ Explica el sentido del cuento y relaciónalo con su desenlace.

En esta edición de los Cuentos de la selva, *aparecen también otros relatos, como el que aquí incluimos, centrados también en la naturaleza, escenario fundamental de la obra de Horacio Quiroga.*

❑ ¿Qué elementos del relato recuerdan a los cuentos tradicionales?

❑ Compara las alusiones a las tres composiciones del poeta. ¿En qué se diferencian? ¿Que tendencia sigue el arte del poeta?

❑ La ironía es un rasgo característico del estilo de Borges. ¿Podrías encontrar pasajes del relato en que se manifieste? Explícalos.

❑ Recoge todas las referencias culturales dispersas en este cuento y comenta su importancia.

Emma Zunz

Actividades de control de lectura y análisis

❑ Elabora un resumen del cuento y señala las partes que se pueden distinguir en él.

❑ Intenta confeccionar un retrato de la personalidad de Emma Zunz con los datos que aporta el texto.

Este cuento reflexiona sobre la justicia y la venganza.
❑ Busca alusiones explícitas del narrador sobre estos conceptos. Partiendo de ellas, debátase en el grupo sobre estos temas.

❑ Enumera y describe los ambientes en los que se desarrolla la acción y comenta su importancia en el relato.

❑ Busca alguna alusión del narrador a la forma de contar la historia y coméntala. ¿Hay algún momento en que aparezca el «yo» del narrador? ¿Con quién lo identificarías y por qué? ¿Crees que conoce todo lo relacionado con la protagonista? Justifica tus respuestas.

Observa cómo, aunque es decisivo para la historia, el narrador no describe directamente el sacrificio de Emma Zunz (hay una elipsis).

❑ Explica qué efecto produce. Recuerda algún momento de otro relato o película de intriga en que se utilice este recurso. Explícalo.

JUAN CARLOS ONETTI

El posible Baldi

La descripción del entorno urbano y la hábil configuración de los diálogos dan forma a esta historia mínima sobre la soledad y el fracaso.

❑ Resume este relato. ¿Cuál crees que es su tema principal?

Al inicio del cuento, Baldi se declara completamente feliz.

❑ ¿Sigue pensando igual al final del cuento? ¿Qué necesita su vida o en qué debe cambiar para alcanzar la dicha? Razona tu respuesta.

«No necesitaba saber inglés, porque las balas hablan una lengua universal. En Transvaal, África del Sur, me dedicaba a cazar negros» («El posible Baldi», de Juan Carlos Onetti). Venta de esclavos negros, en un grabado del siglo XVIII.

❑ Describe a los dos protagonistas del cuento. ¿Son dos personas totalmente distintas o bien son complementarias?

❑ Observa las descripciones del ambiente, los personajes, etc. Realiza un comentario sobre los aspectos estilísticos que más te hayan llamado la atención. ¿El transcurso de la acción te parece rápido o lento? Basa tu opinión en elementos procedentes del texto.

Virgilio Piñera

La carne

Una problema verosímil conduce a una solución absurda, pero aceptada por todo un pueblo eufórico. El humor delirante y las inquietantes imágenes de Piñera son algunas claves de este relato.

Actividades de control de lectura y análisis

❑ Haz un resumen de este cuento.

La adoración de los personajes a la carne es desmesurada.

❑ ¿Qué idea crees que se pretende transmitir con ello?

❑ El motivo de la carne, ¿puede ser un símbolo de otra cosa? Si lo crees así, arriesga alguna hipótesis sobre su significado y razónala.

En este cuento se da una perfecta mezcla de elementos absurdos y de lógica implacable.

❑ Recoge ejemplos de uno y otro caso. ¿Te parece, a pesar de todo, un relato coherente? Razona tu respuesta.

❑ Infórmate sobre las características del movimiento surrealista e intenta relacionar alguna de ellas con este texto de Piñera.

Julio Cortázar

Lo cotidiano desvela su rostro insospechado e inquietante en estos dos relatos. Observa los mecanismos con los que lo extraordinario se adueña de la realidad.

La noche boca arriba

❑ Resume el argumento del relato y analiza su estructura mediante un esquema que recoja sus partes.

❑ Escribe un comentario sobre las diferencias entre la realidad del hombre accidentado y la del perseguido. ¿En cuál de ellas se manifiestan con mayor intensidad las sensaciones olfativas? ¿A qué crees que se debe?

En la literatura de Cortázar la existencia del hombre se suele comparar con un juego: cada ser humano es un participante que debe acatar unas reglas.

❑ ¿Cómo se manifiesta esta idea en el cuento?

Actividades de control de lectura y análisis

En la primera parte del cuento hay numerosas premoniciones de lo que sucederá después (véase la nota 3).

❑ Busca dichas premoniciones y relaciónalas con sucesos o elementos posteriores.

Este relato parte de una experiencia casi cotidiana: la confusión entre la vida real y la soñada.

❑ Escribe un relato que refleje de algún modo esa sensación, partiendo de algún sueño que recuerdes.

❑ Lee el cuento de Cortázar titulado «Continuidad de los parques». Escribe un informe sobre las semejanzas y diferencias que encuentras entre él y el que has leído en esta antología.

No se culpe a nadie

❑ Haz un resumen del cuento. Explica el sentido del título.

❑ La muerte del protagonista, ¿te parece accidental o buscada? Razona tu respuesta y reflexiona sobre el papel de este desenlace dentro del sentido general de la narración.

Como en el cuento anterior encontramos dos mundos: el de dentro del *pullover* y el exterior.

❑ Explica las diferencias entre ambos.

La ironía es un ingrediente importante de este texto.

❑ Busca expresiones en las que se manifieste y coméntalas.

Actividades de control de lectura y análisis

Es típico de Cortázar extraer lo fantástico de aspectos triviales de la vida cotidiana.

❑ Escribe un relato en el que un acontecimiento habitual desemboque en algo extraordinario.

Juan Rulfo

La miseria y la desolación del paisaje reducen a los personajes de Rulfo a la condición de fantasmas. La sensación de irrealidad adquiere gran expresividad con el empleo de un lenguaje depurado.

Es que somos muy pobres

❑ Elabora un resumen del relato.

❑ Comenta cómo es la relación existente entre los personajes y el medio en el que viven.

❑ ¿Quién cuenta esta historia? Señala algunos rasgos de la identidad del narrador que se manifiesten en la forma de contar y en el lenguaje que emplea.

A pesar de la aparente ingenuidad del narrador, en este relato subyace una severa denuncia social.

❑ Explica en qué consiste.

❑ ¿Crees que se trata de un relato optimista o pesimista? Hágase un debate en el grupo.

❑ Lee el cuento «¡Adiós, "Cordera"!», de Leopoldo Alas, «Clarín» (que puedes encontrar en *Cuentos españoles del siglo XIX,* en esta misma colección), y señala las coincidencias con el de Rulfo (ambiente, personajes, etc.). Notarás que, sin embargo, el tono y el tema son muy distintos: comenta también esas diferencias.

Luvina

Actividades de control de lectura y análisis

❑ Escribe un resumen del cuento.

Puede decirse que la muerte es el gran tema de esta narración.

❑ Comenta su presencia en ella.

❑ ¿Qué datos conocemos del «hombre callado»? ¿De dónde proceden?

❑ Describe cómo son los habitantes de Luvina (condición social, aspecto, costumbres...) y relaciónalos con el espacio en el que viven.

❑ Observa la peculiar atmósfera de Luvina, creada mediante la evocación de sensaciones. Elabora listas que recojan alusiones a sensaciones visuales y auditivas. ¿Qué conclusiones puedes sacar de los resultados obtenidos?

❑ *Luvina* es un relato con dos narradores. ¿Quiénes son? ¿De qué habla cada uno? ¿Qué diferencias encuentras entre ambos?

❑ El hombre que habla sobre Luvina utiliza muchos símiles en sus descripciones. Localiza algunos ejemplos y comenta los efectos expresivos de su empleo.

Juan José Arreola

Parábola del trueque

Todo en este relato se ha de interpretar como una sugerente fábula sobre las relaciones humanas.

❑ Resume el cuento. ¿Cómo interpretas su desenlace?

❑ Busca información sobre lo que es una parábola y razona por qué este relato lo es.

❑ Comenta la sucesión de sentimientos y actitudes de la pareja protagonista a lo largo de la narración.

❑ ¿Quién es el narrador de esta historia? ¿Cómo crees que influye su identidad en la forma de presentar los acontecimientos?

Actividades de control de lectura y análisis

❑ Elabora un breve ensayo sobre la imagen de las relaciones de pareja que se ofrece en el cuento. ¿Consideras que es optimista o pesimista?

Augusto Monterroso

El eclipse

Civilización contra barbarie, pero ¿quiénes representan cada concepto, los mayas o el soberbio fray Bartolomé?

❑ Resume en dos líneas el contenido de este breve relato y señala sus partes. ¿Qué valor crees que tiene el empleo de la elipsis que se produce entre los dos últimos párrafos?

❑ ¿Cuál crees que es el mensaje principal del cuento?

❑ Intenta ejercitarte en este curioso género del «mini cuento». Escribe algunos.

El contraste entre aglomeraciones urbanas y sociedades agrícolas, entre una minoría social culta y el analfabetismo, en definitiva, las grandes desigualdades económicas y sociales, son características destacadas de los países hispanoamericanos. Una calle de la ciudad de Guanajato, en México.

MARIO BENEDETTI

Familia Iriarte

El encanto de este cuento reside en la ternura y la ironía con que el narrador contempla a unos personajes cuyas ilusiones contrastan con la grisura de sus rutinas.

❑ Redacta un resumen del cuento.

❑ Comenta el tema fundamental del relato y analiza su estructura.

❑ Elabora un retrato lo más completo posible del protagonista.

Este texto nos proporciona una determinada visión de las clases medias urbanas.

❑ ¿Cómo es ese sector social? ¿Cómo intenta superar sus frustraciones?

Gabriel García Márquez

El ahogado más hermoso del mundo

El lirismo y el humor se combinan en este cuento. La estética del realismo mágico, brillantemente sintetizada, avala la irrupción de lo extraordinario en la vida cotidiana de un pueblo colombiano.

❑ Resume el argumento de este relato. ¿Te parece realista o fantástico? Razona tu opinión.

Actividades de control de lectura y análisis

❑ Explica cómo evolucionan las actitudes de las mujeres y de los hombres ante la presencia del ahogado. ¿Cómo cambia la vida de los lugareños tras conocer a Esteban?

Es llamativa la tendencia a la desmesura y a la exageración en este relato.

❑ Busca ejemplos de este fenómeno.

❑ Escribe un relato en el que la vida de una comunidad (un pueblo, una familia, una clase) se vea transformada por la aparición de alguien o algo excepcional. Intenta imitar el estilo de este cuento.

Alfredo Bryce Echenique

Feliz viaje, hermano Antonio

Observa cómo la aparente sencillez del relato se enriquece con los matices de la lengua coloquial y los continuos saltos temporales.

❑ Resume este relato. ¿Hay un solo narrador o varios? Explícalo con detalle.

❑ Analiza la estructura del cuento. Comenta los saltos en el tiempo y el espacio: ¿son caprichosos o tienen alguna motivación? Argumenta tu respuesta.

❑ Explica cómo evoluciona la relación entre los protagonistas. ¿Qué mensaje sobre las relaciones humanas transmite esta historia?

Actividades de control de lectura y análisis

❑ Busca alusiones que relacionen al hermano Antonio con algún animal y coméntalas. ¿Crees que esa «animalización» lo degrada? ¿Se da en el cuento el fenómeno inverso (personificación de animales)?

II. ACTIVIDADES GLOBALES

Horacio Quiroga nos ha dejado un célebre «Decálogo del perfecto cuentista», en el que proporciona algunos consejos útiles para la creación de narraciones breves. Lee la siguiente selección de reflexiones, y contesta a las cuestiones que se formulan después:

«Decálogo del perfecto cuentista»

V. No empieces a escribir sin saber desde la primera palabra adónde vas. En un cuento bien logrado, las tres primeras líneas tienen casi la importancia de las tres últimas.

VII. No adjetives sin necesidad. Inútiles serán cuantas colas de color adhieras a un sustantivo débil. Si hallas el que es preciso, él solo tendrá un color incomparable. Pero hay que hallarlo.

VIII. Toma a tus personajes de la mano y llévalos firmemente hasta el final, sin ver otra cosa que el camino que les trazaste. [...] No abuses del lector. Un cuento es una novela depurada de ripios.

❑ ¿Crees que el cuento de Quiroga incluido en esta antología se ajusta a estos preceptos? Justifica tu respuesta.

❑ El primer consejo se refiere a la importancia, para el relato, de un buen arranque. ¿Con qué cuentos de esta selección crees que se ilustraría mejor esta reflexión? ¿Por qué?

❑ ¿Cómo se manifiesta el apartado VIII del «Decálogo» en los relatos de Borges y Cortázar?

Una vez leída la antología es fácil encontrar ciertos temas o actitudes literarias que se repiten en los distin-

Los problemas sociales y políticos son los protagonistas de la denominada «literatura indigenista» hispanoamericana de comienzos del siglo xx, que denuncia la situación de la población indígena en América del Sur. Mercado tradicional en Pisac, Perú.

tos relatos. Intenta agruparlos según los siguientes criterios: cuentos en los que predomina lo fantástico; cuentos realistas; cuentos de intriga; relatos que manifiestan una crítica social.

❑ Después de realizar esta clasificación, intenta explicar por qué algunos textos se repiten en distintos apartados.

Hay tres relatos cuyo argumento se basa en la ruptura de la rutina de un pueblo por alguna experiencia extraordinaria.

❑ Señala cuáles son y analiza sus semejanzas y diferencias.

Las frustaciones

Los cuentos de Benedetti y de Onetti tienen como protagonistas a dos hombres insatisfechos.

❑ ¿Cómo se manifiesta ese aspecto de su personalidad?

❑ ¿Cómo intentan superar sus frustraciones?

❑ Indica qué cuentos de esta selección están narrados en primera persona, precisando en cuáles de ellos el narrador es protagonista y en cuáles es personaje secundario o simple testigo. En general, ¿cómo afecta este tipo de narrador a la forma de contar la historia?

❑ Señala cuáles son los relatos en los que más peso tiene la naturaleza. Comenta las semejanzas y diferencias en el tratamiento de este aspecto.

La naturaleza

❑ Animalización de seres humanos y humanización de animales: analiza el sentido y función de estos recursos a partir de «La insolación» y de «Feliz viaje, hermano Antonio».

«Parábola del trueque» es un relato que ha de interpretarse en clave metafórica.

❑ ¿Se podría afirmar lo mismo de otros cuentos? En caso afirmativo, razona tu opinión.

❑ Selecciona los cuentos que más te hayan gustado o que te hayan llamado más la atención. Escribe una breve reflexión sobre los motivos en los que basas tu elección.

GLOSARIO DE FIGURAS LITERARIAS ANOTADAS EN ESTA SELECCIÓN

Elipsis: Recurso narrativo que consiste en silenciar algún elemento de la historia, con el fin de crear misterio o de estimular la imaginación del lector (pág. 50, nota 8).

Eufemismo: Palabra que, por resultar más agradable, sustituye a otra que tiene connotaciones peyorativas, con el fin de atenuarlas: «este muerto de *miércoles*» (pág. 128, nota 6); véase también pág. 67, nota 2.

Hipérbole: Exageración, aumento o disminución desproporcionado de acciones, cualidades, etc.: «el viento es tan manso que se queda a dormir debajo de las camas» (pág. 131); véase también pág. 125, nota 2.

Metáfora: Figura consistente en identificar una realidad (término real) con otra (término imaginario), con la que mantiene una relación de semejanza: «el agua de la espada es la sangre» (pág. 43); «el tumultuoso trompeteo de su charanga» (pág. 32).

Metonimia: Procedimiento que consiste en designar una cosa con el nombre de otra en razón de una relación de proximidad (nombrar el todo por la parte, el contenido por el continente, la causa por el efecto, etc.): «doce inviernos» (pág 41, nota léxica).

Paradoja: Unión de dos ideas opuestas en un enunciado. Se combinan dos elementos cuya conjunción, aparentemente, es imposible e irracional: véanse las notas 7 (pág. 49) y 10 (pág. 51) de «Emma Zunz».

Personificación: Atribución de cualidades humanas a animales, seres inanimados o conceptos abstractos: «les parecía que el viento no había sido nunca tan tenaz ni el Caribe había estado nunca tan ansioso» (pág. 125, nota 1).

Polisíndeton: Repetición de un mismo nexo para unir palabras o grupos de ellas: véase la nota 3 (pág. 89) de «Es que somos muy pobres»; «puntiagudos y altos y medio alborotados» (pág. 91).

Símil: Comparación explícita entre dos términos: «aquella agua negra y dura como tierra corrediza» (pág. 89); «una mujer que parecía un leopardo me miró deslumbrante» (pág. 105).

Sinestesia: Recurso consistente en asignar una sensación a un sentido que no le corresponde: «gusto azul de la lana» (pág. 83, nota 2); véase también «La noche boca arriba», nota 9 (pág. 74).

NUEVA BIBLIOTECA DIDÁCTICA

Lazarillo de Tormes
Anónimo

Poesía romántica
Bécquer, Rosalía de Castro, Espronceda...

Fuente Ovejuna
Lope de Vega

Cuentos españoles del siglo XIX
«Clarín», E. Pardo Bazán...

Selección nueva de romances viejos

Cuentos medievales españoles
Calila y Dimna, El conde Lucanor...

Marianela
Benito Pérez Galdós

Pasos y entremeses
Lope de Rueda, Cervantes, Calderón

Antología poética del Siglo de Oro
Varios autores

Bajarse al moro
José Luis Alonso de Santos

Siete leyendas y una carta
Gustavo Adolfo Bécquer

Antología poética
Antonio Machado y Juan Ramón Jiménez

Retablo jovial
Alejandro Casona

Zalacaín el aventurero
Pío Baroja

Días del Desván
Luis Mateo Díez

Doce cuentos españoles del siglo XX
Varios autores

Artículos
Mariano José de Larra

Dos solos de «Clarín». **Pipá y Doña Berta**
Leopoldo Alas «Clarín»

Flor de leyendas
Alejandro Casona